ハーレムクイーン
Harem Queen
story by takeuti ken
illustration by kanna
◆小説 竹内けん
◆挿絵 かん奈
JN267063

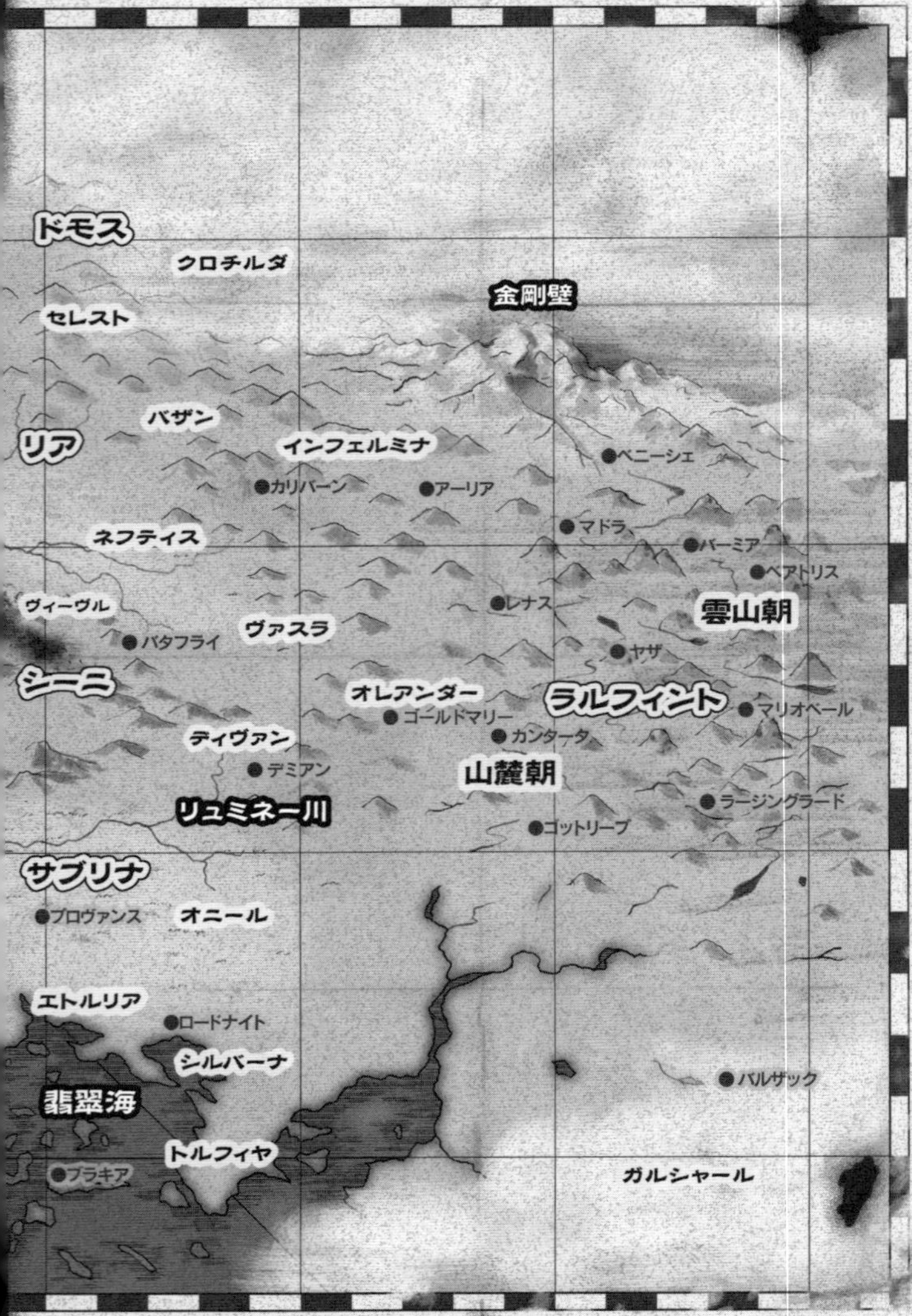

ドモス
クロチルダ
金剛壁
セレスト
バザン
リア
インフェルミナ
ベニーシェ
カリバーン
アーリア
マドラ
ネフティス
バーミア
ベアトリス
ヴィーヴル
レナス
雲山朝
バタフライ
ヴァスラ
ヤザ
シーニ
オレアンダー
ラルフィント
マリオベール
ゴールドマリー
カンタータ
ディヴァン
デミアン
山麓朝
ラージングラード
リュミネー川
ゴットリーブ
サブリナ
プロヴァンス
オニール
エトルリア
ロードナイト
シルバーナ
バルザック
翡翠海
トルフィヤ
ブラキア
ガルシャール

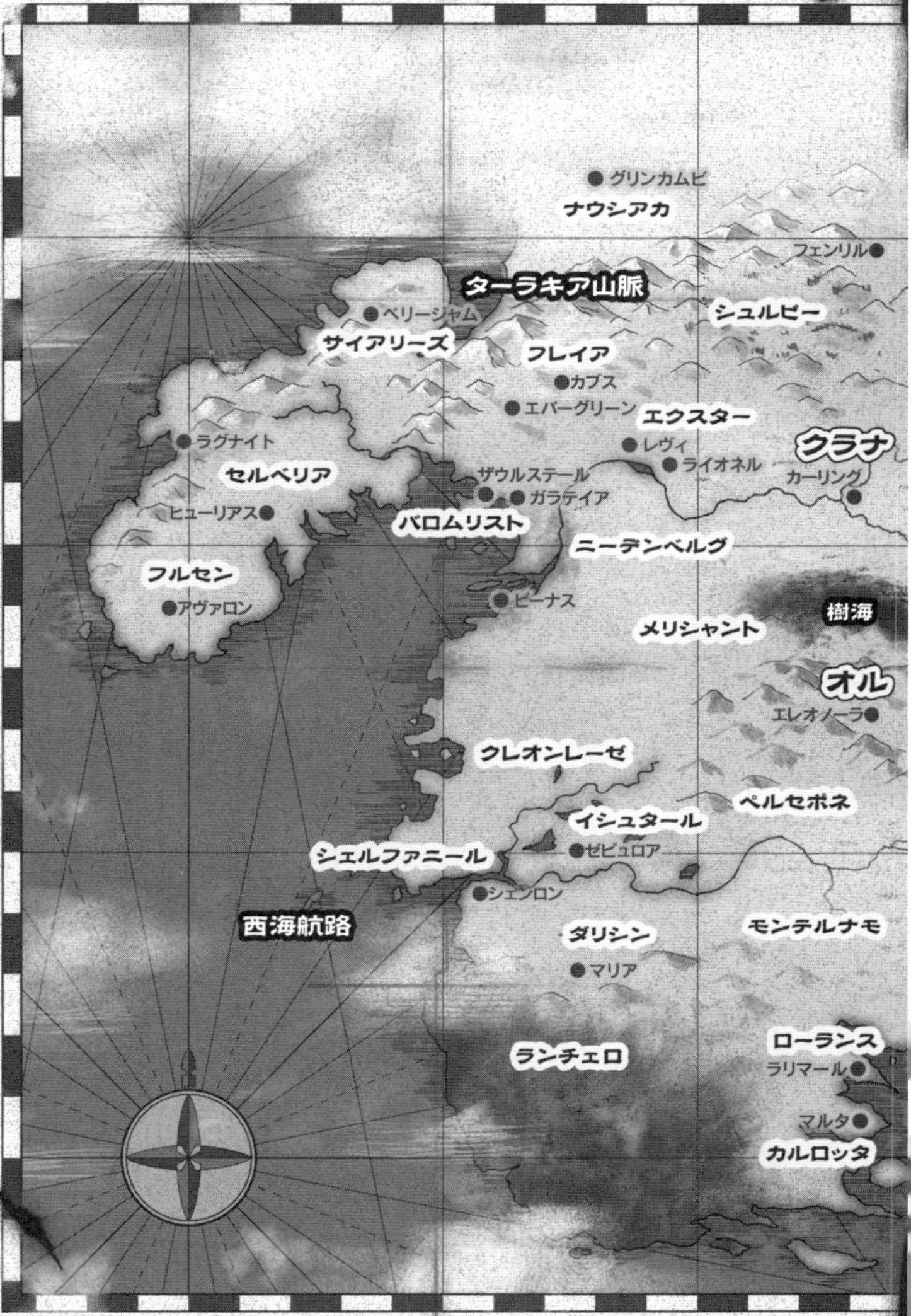
グリンカムビ
ナウシアカ
フェンリル
ターラキア山脈
ベリージャム
シュルビー
サイアリーズ
フレイア
カブス
エバーグリーン
エクスター
ラグナイト
レヴィ
クラナ
ライオネル
セルベリア
ザウルステール
カーリング
ヒューリアス
ガラテイア
バロムリスト
ニーデンベルグ
フルセン
ビーナス
樹海
アヴァロン
メリシャント
オル
エレオノーラ
クレオンレーゼ
ペルセポネ
イシュタール
シェルファニール
ゼピュロア
シェンロン
西海航路
ダリシン
モンテルナモ
マリア
ローランス
ランチェロ
ラリマール
マルタ
カルロッタ

登場人物紹介

Characters

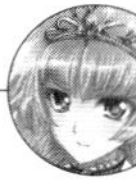

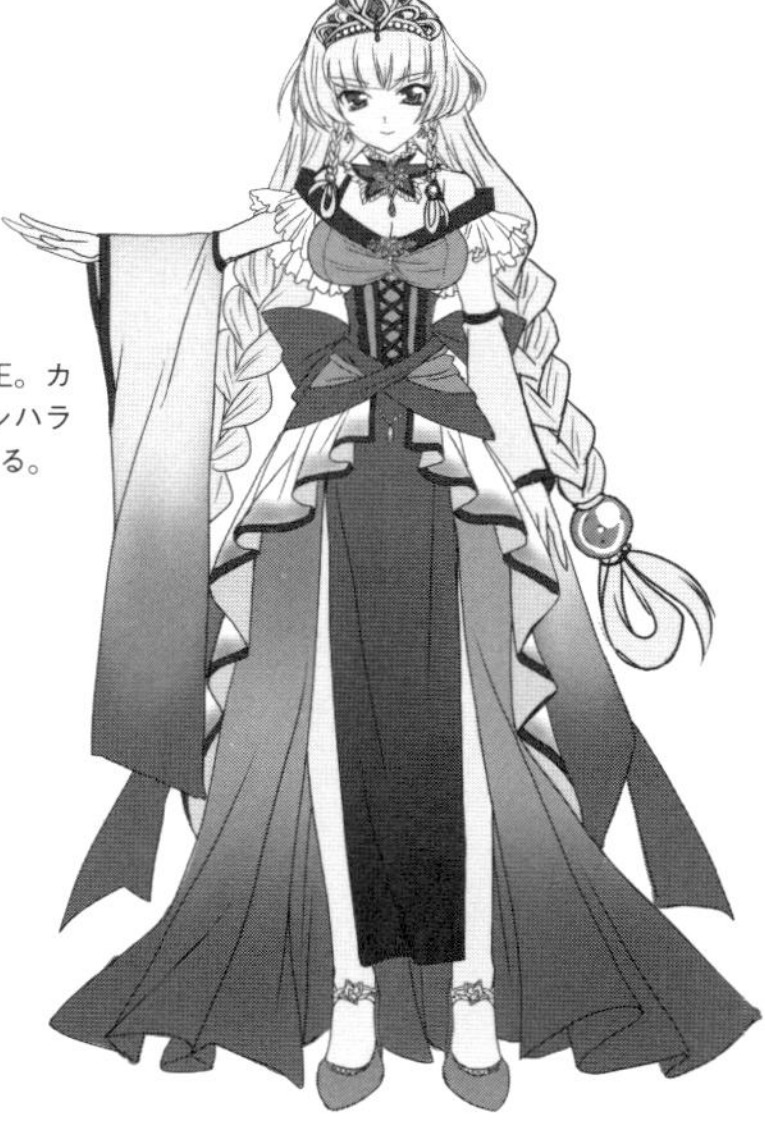

アーゼルハイト

バロムリスト王国の若き女王。カリスマ性のある美少女だがシハラムに対しては大胆な姿を見せる。

レジェンダ

フレイア王国の姫。踊り子のようなセクシーな姿だが優れた剣士。

ヴィクトワール

滅亡したセルベリア王国の王女。現在は朱雀神殿で暮らしている。

シハラム

バロムリスト王国の指揮官。アーゼルハイトからは「おにい様」と呼ばれている。

第一章　聖処女王の即位

「ドモス王国の追撃は厳しく、マドアス陛下は自害されたとのことです！」

太古の宗教である仙樹教の暦でいうところ１０４６年。

大陸の北西部は風雲急を告げていた。

西方半島の入り口を押さえたフレイア王国は、その領土の大半を白砂に覆われた熱砂の大地である。

一見、不毛の大地に見えながら、その実、地下からは魔法の触媒として極めて有用な古代生物の化石が多量に取れることで知られていた。

魔法資源。それは万能の燃料である。

それを採掘し、国外に売ることで、極めて裕福な国として知られていたのだが、その富を狙った、世界の武力統一を国是としたドモス王国の侵攻を受けてしまう。

戦争はちょうど十年前から慢性的に続いていたのだが、このたび、ドモス王国の王太子アレックスが、五万人もの大兵力を率いてフレイア王国に侵攻。

これに抗しきれずになすすべもなく潰走しているという。

時間とともに国力の差が出たということもあるのだろうが、西方半島からフルセン王国の侵攻を受けて、戦略的に二正面作戦を強いられたこと、人望ある王族の出奔騒動を起こして、国民の信用を大きく損なったことが主な原因であろう。

抗戦を諦めたフレイア国王マドアスは、妹の嫁ぎ先である南の隣国バロムリストに亡命を希望してきた。

バロムリスト王国としても、長年の盟友を見捨てるのは忍びなく受け入れを認めていたのだが……。

「そうか」

悲報を受けたシハラムは、静かに頷いた。

彼はバロムリスト王国の将軍である。フレイア国王マドアスを出迎えるために、精鋭千人を引き連れて、フレイア王国とバロムリスト王国の国境に出張ってきていた。

年齢はまだ二十代である。この年齢で将軍職に就いているのはもちろん、血筋ゆえだ。王家の分家の中では筆頭にあたる家柄である。

また、このような難しい政治局面に派遣されるだけあって、沈着な人となりを評価されていた。

「引き続き、難民の保護に努めよ」

バロムリスト王国へと続く白砂の大地には、人々が長蛇の列をなしていた。

いずれも戦禍を逃れて、バロムリストに保護を求めてきた亡命希望者だ。

覇権国家であるドモス王国は、効率を重視する。有効とあらば、民間人を虐殺することもいとわない。端的にいえばならず者国家だ。

だからこそ、他の国々に嫌われている。

シハラムの指示に従って、亡命希望の避難民に、十分な水と炊き出しが振る舞われた。代わりにフレイア領内の情報を聞き出す。

「フレイア地方の総督はヒルクルスという男になるようです」

「南のイシュタール出身の浪人上がりだな。西国地方に顔が利くと判断されたのか」

「朱雀神殿ともコネがあるという噂だぞ」

幕僚たちの会話を、シハラムは遮った。

「分析はあとでいい。今はなんでもいいから情報の数を集めておけ」

「はっ、失礼いたしました。ただちに」

ここに連れてきたのは、バロムリスト王国の騎士たちの中でも、精鋭である。シハラムの意図を察して、みな献身的に働く。

(これは難民の数だけで、一万人を超えかねないな)

民というのは本来、土地と切り離しては生きていけない人々だ。

それなのにこれだけの人数が土地を捨てて、逃げ出してくるというのは異常なことである。いかにドモス王国が嫌われているかわかろうというものだ。

国民が増えてくれるのは嬉しい。しかし、彼らに仕事をしてもらってこそ、国力の増加に繋がる。仕事にあぶれると、食うために犯罪者となり、逆に国力を損なう。

扱いが極めて難しい問題だ。

最低限の処置として、この水際で難民たちの氏名や、希望職種などを確認して、バロムリスト王国に入ってからの身の立て方などを指南してやらねばならない。

朝から晩まで難民の世話をして、西に太陽が傾き、白砂の砂漠が夕焼けに染まった頃である。

にわかに騒がしくなった。

「おお、ありがたや、レジェンダ姫様はご無事であられたか」

難民たちの視線を追うと終わりなく続くかに見えた難民の列も、ようやく途切れだしていた。最後尾と思われるところに、他の難民たちとは明らかに雰囲気の違う一行がいる。

老若男女で二十人程度が集まって明らかに組織だっていた。その中央に一人、輿《こし》に乗せられた人物がしずしずと運ばれてくる。

ピンク色の豊かな髪をオレンジ色の華やかなスカーフで覆い、口元に薄い紫のベールを纏っている。

その服装は砂漠の民として珍しい装備ではない。スカーフを被るのは強い陽射しを避けるためであり、口元を隠すのは砂を吸わないための配慮である。

厳重な頭部とは裏腹に、身体の方はずいぶんと大胆だ。

豊麗な身体に、下着と見紛う胸当ての表面にはビーズのような小さな装飾が施され、下半身は半透明の紗で作られたゆったりとしたズボン。俗に言うハーレムパンツという代物だろう。

内側にスリットが入っていて、ひらひらと棚引き生足が覗く。

半透明だから、股間部分しか覆っていないような紐パンが透けて見える。

足下はサンダル。足の爪にまでペディキュアが施されている。

頭や首、腕や足といったところに、大量の魔法宝珠と思しき装飾品を付け、腰には黄金の鞘に入った曲刀を下げている。

とても難民とは思えぬ華やかな装いだ。一人で歩いていたら山賊なり落武者なりに捕まって身ぐるみ剥がされるところだろう。

「みな、無事でしたか？　あと一息です。頑張りましょう」

輿の上から声をかけられて、難民の多くは跪《ひざまず》いて、拝礼する。歓喜のあまり泣いている者までいた。

「何者だ？」

どう見てもやんごとない身分のお姫様だ。

シハラムの疑問にすぐに答えがきた。

「あれは、マドアス陛下のご息女。レジェンダ姫様です」

「ほぉ、王女様は無事脱出できたか」

国王の救出には失敗したが、ご息女を保護できたのなら、無駄足よりはマシであろう。

亡国のお姫様とはいえ、お姫様だ。出迎えるにそれなりの礼儀は必要だろう。

シハラムが出迎えの準備をしようとしたときである。レジェンダの一行のさらに後ろから濛々《もうもう》と高い砂煙が上がった。

「っ⁉」

姿は見えなくとも、高く土煙が舞い上がるのは騎馬の来襲を意味する。

この局面で騎馬隊が来るというのは、敵の追撃部隊しかあり得ない。

シハラムたちだけではなく、難民たちも追撃部隊の来襲を悟ったようである。騒然とする。

輿に乗っていたレジェンダはにわかに立ち上がる、黄金の鞘からシミターを抜き放ち、声を張り上げる。

「もはや輿など不要です。バロムリストは目前。何も考えずひたすら走りなさい。健康な者は足の弱い者の手助けをしてやりなさい！　闘える者はあたしとともに最後尾を守るのです！」

姫様に殿《しんがり》を務めさせられないと、おつきの者たちは懸命に説得しているようだが、気が強いのか、責任感が強いのか、単に自殺願望でもあるのか、頑なに我を通そうとする。

やがて諦めた側仕えの者たちの中でも、比較的、健康そうな者たちが、姫様とともに武器を構えた。

そんな様子を遠視して、シハラムは呟く。

「健気だな……」

姫様が自ら殿軍を務めると言い出したことに、シハラムはいささか驚いた。

難民たちは必死に、バロムリスト王国を目指して駆けてくる。その最後尾をレジェンダが駆けていた。

やがて、砂の山を越えて、禍々しい影があらわとなる。

全部で、百騎といったところか、軍隊としては多くはない。しかし、レジェンダたち殿軍とは絶望的な戦力差だ。

「いたぞ。逃がすな」

獲物を視認したドモスの騎兵は、ためらいもなく剽悍《ひょうかん》に追い駆けてくる。

見敵必殺は、ドモス軍のモットーだ。

おそらくマドアスを討ち取ったという、ドモスの傭兵将軍カルナップの配下だろう。

剽悍だが粗野な古兵といった雰囲気がある。

徒歩で必死に逃げるレジェンダ。それを追いかける騎馬武者。間合いはみるみるうちに詰まった。

「ヒャッハー、姫様、いい尻しているな」

最後尾に一番美味しい餌がいた。単に切り伏せるのはもったいない。捕虜に猿臂を伸ばす。

「ゲスがっ」

レジェンダは振り向きざまに、身につけていた宝石の一つを放り投げる。

ドォン！

火柱が上がった。

騎馬武者が吹っ飛ぶ。さすがは魔法触媒の国のお姫様。やることが大胆だ。

「ここまでだ。あたしたちはここで敵を食い止める」

「はい、姫様」

レジェンダに最後まで従う忠臣たちが、死兵となって難民たちを逃がす。

ここまでついてきた騎士たちである。もはや、損得勘定などは抜きだ。レジェンダのために死ぬことになんらためらいはない。

「シャー！」

レジェンダは左手に魔法宝珠を握り締めて魔法を放ちつつ、右手でシミターを振るう。

胸当てとハーレムパンツといった華やかな装いの姫君が、白き砂漠の上で軽やかに戦うさまは、まるで演舞を観劇しているような気分になる。

露出が多すぎて戦うスタイルには見えないが、ちょっとやそっとでは傷付かない強力な魔法障壁を持っているようだ。

ドモス軍の騎兵たちとて弱くはない。歴戦の精鋭たちなのだろうが、窮鼠猫を噛むの例え通り、レジェンダ一行の勢いに困惑している様子がある。

（しかし、多勢に無勢だな。力尽きるのは時間の問題だ。それにしても、ドモス兵のやつらにも、我々の姿は見えているだろうに、一顧だにしていないな。どうせ、こちらが手を出せないと舐めているな）

実際、シハラムが受けた命令は、国境にてフレイア王国の残党を接収することである。

フレイア地方にまで入って、ドモス軍と戦端を開くことではない。

もしそんなことになったら、覇権大国であるドモス王国との全面衝突を呼び込むことになるのだ。

バロムリスト王国にはまだドモス王国と戦端を開く覚悟はない。

できたら回避したいというのが本音だ。

だから、白砂の砂漠に踏み入って、救援することもできなかった。

忸怩《じくじ》たる思いで、他国のお姫様とその郎党たちの死闘を観戦していると、背後から声がかかった。

「閣下っ！」

何事かと後ろに目を向けると、いつの間にかシハラムの周りには武器を持った兵士たちが集まっていた。

どの顔にも、レジェンダ姫を助けに行かせてくれ、と書かれている。

この国境に駆けつけたバロムリスト軍はいまだ一戦もしていないのだから、負傷者もおらず士気は高い。

友軍を見捨てられないというだけではなく、どうやら、バロムリストの騎士たちは、姫様を守るナイトという古典的な英雄譚に憧れているようである。

心情的には理解できるが、政治的にはあまりよろしくない。

下手をすると、ドモス王国の侵攻に格好の口実を与えることになる。

「ふぅ〜」

シハラムは軽く溜息をついた。

もしここで軍規を振りかざして止めても、このバカたちは勝手に突っ込んでいきそうである。

仕方ないので、妥協案を出す。

「軍旗を隠せ。階級章もな。名乗りを上げることはまかりならん。もちろん、論功など出ない。それでいいやつだけが参加しろ」

シハラムの指示に、みな歓声を上げる。

「やったー！　ありがとうございます！」

シハラムの意図を察した兵たちはただちに軍旗をその場に投げ捨てた。

それを確認してから、シハラムはおもむろに馬に跨がって剣を抜く。

ちなみにシハラムの武芸は、剣豪クレイモアから直々に免許皆伝を与えられている。愛剣は名工ジェルクリーナス作、銘を『華厳』という。

「いいか、我々は名もなき傭兵団だぞ」

「承知いたしました」

見え透いた偽装工作だが、政治の世界では、建前でもあった方がいい。

「では行くぞ。無法な夜盗どもを蹴散らせ！」

「おう！」

号令一下、千人もの兵士が、国境を越え、白砂を踏んだ。

「あおおおぉぉぉ!!!」

バロムリストの兵士たちの士気は高かった。

突貫の声を高らかに上げて、先頭を駆けたのはシハラムだ。

※

「くっ、ここまでか」

いくら強力な魔法障壁であっても、幾度も叩かれると綻びを生じる。死闘を演じていたレジェンダは、左肩に一撃を受けて、白砂に膝をついた。

並の男には負けぬ自負はあっても、所詮は女の身だ。一撃を食らったらもはや、まともに動けない。

(国民を守る、という義務は最後まで果たした。お父様、今追いつきます)

生きて虜囚の辱めは受けぬ、シミターを喉元に近づけて自殺を図ろうとしたところに、奇跡が起こった。

手をこまねいて傍観しているかに思われたバロムリスト軍が、越境してきたのだ。

「一人も生かして帰すな。全員、きっと討ち取れ！」

攻守が逆転した。今度はドモス軍の追撃部隊が少数となる。

「まさか……」

バロムリスト王国の事情も十分に承知していたレジェンダはまさか、越境してまでの救援をもらえるとは思っておらず、茫然とした。

驚いているうちに、激しい戦闘は終了している。

あたりはバロムリスト兵だらけになっていた。

左肩を押さえて立ち尽くしているレジェンダの眼前に、一際立派な騎馬武者が止まり、男が一人降り立つと、礼儀正しく拝跪した。

「フレイア王国の王女レジェンダ姫とお見受けいたします」

「はぁ、はぁ、はぁ……あなたは？」

荒い吐息を繰り返すレジェンダは、半透明なベールで顔を隠しているが、近くに立つと透けて見える。

(意外に若いな。まだ二十歳に手が届いてなさそうだ。しかし、身体の方は十分すぎるほどに大人だ)

若々しい肌は、健康的に日焼けしている。

それだけで官能的に感じるというのに、胸は大きく、腹部は引き締まり、臀部は吊り上がるといった非常に女らしい凹凸に恵まれた身体だ。

「バロムリスト王国で将軍位を拝命しておりますシハラムと申します」

紳士的に応じるシハラムに、レジェンダは必死の形相で詰め寄る。

「あたしの身はどうなっても構いません。ですが、どうか避難民だけは助けてください」

「もちろんです。バロムリスト王国は貴国の長年の朋友ですよ。決して裏切りません」

そう力強く宣言したシハラムは、レジェンダの左腕を取ると、その肩口の傷口に、魔法治療を施してやる。

「失礼」

「あ、ありがとう」

レジェンダは夢でも見ている、と言いたげに惚けた表情で男の治療に身を預ける。

（さすがは砂漠の国のお姫様。涼しげな格好をしているな）

上半身は胸当てだけ、下半身は紗で作られたハーレムパンツ。透けているので、股布以外は紐という過激なショーツを見ることができる。

下手な裸よりも官能的に見えそうな衣装だ。

もっとも、水着と同じで見せること前提の衣装だとはわかっているが、男としては目のやり場に困る。

あまりじろじろ見るのも失礼だと思い、目を伏せながら言上する。

「他に怪我はありませんか？」

「いえ、大丈夫……」

そう言った直後にレジェンダがふらついたので、驚いたシハラムは、慌てて抱きとめる。

異性に抱き締められたレジェンダは、反射的に押しのけようとしたが、足腰に上手く力が入らないらしい。

しなやかな両腕を、シハラムの首に回して、なんとかバランスを取った。

女性の胸が、男の胸板に押しつけられる。鎧を着用していなかったら、胸に豊満な乳房の感触が伝わったことだろう。

「……」

互いの顔が近づく。紫色の瞳がウルウルと潤んでいる。

文字通りお姫様育ちの身が、父親を殺され、身一つで逃れてきたのだ。おそらく緊張の連続だったはずだ。心身ともに疲労の極致にあったとしても不思議ではない。ようやく一息つけるということで、放心してしまっているようだ。

（マドアス陛下の娘ということは、アナスタシア様の姪にあたられるのか）

いまは亡きバロムリスト王国の王太子妃は、高貴な聖母のような女性であったが、こちらは目鼻立ちのはっきりとした情熱的な美貌をしている。

それでもどこか似ているような気がして、懐かしくて魅入ってしまう。

至近距離から瞳を見つめあわせていたレジェンダは、不意に我に返って慌てて身をのけぞらせる。

「はっ⁉　ごめんなさい。みっともないところを……」

「いえ」

姫君に対する騎士としてシハラムは、キザなほどに優雅に微笑する。

「お疲れなのでしょう」

どうやらまともに歩くこともままならないようだと見て取ったシハラムは、レジェンダを横抱きに抱え上げた。

右腕に背中、左手にお尻がくる。

「はぅ……そ、そのようなことをしていただかなくとも、自分で歩けます」

衆人環視の中で、見知らぬ男にお姫様だっこされた訳である。レジェンダは羞恥の悲鳴を漏らすが、命の恩人を無下にはできずにオタオタしてしまう。

「遠慮は無用です」

騎士の礼節に則り、傷付き疲れ果てた姫君を抱え上げたシハラムは、自らの乗馬に跨がる。

「では、参りましょうか？」

亡国のお姫様の救出に成功したシハラムは、ともかく王都ガラテイアに一旦帰ることにした。

※

「シハラム、王位を継いでくれんか？」

フレイア国王マドアスの救出には失敗したが、その息女レジェンダを連れて首都に帰ったシハラムに、内々に参内するように指示がきた。

深夜、急いで王宮に駆けつけたところで、国王である伯父ドレークハイトから、かけられた言葉である。

「？」

冗談を言われたのだろうか。国王を前に畏まったシハラムの全身から冷たい汗が流れた。

実はシハラムには、前科がある。

その昔、バロムリスト王国ではお家騒動が起こった。

先代の国王は、嫡男たるドレークハイトと不仲で、次男を偏愛し跡継ぎにしようとした。

その動きにドレークハイトは反発。

親子間での内乱の勃発が秒読みとなったときである。

当然、父親に従うかと思われた弟は、なんと兄の手の者を招き入れて、父王を幽閉させてしまう。

そのおかげで内乱は寸前で回避された訳だから、ドレークハイトは弟に対して、絶大な信頼を寄せて、多くの所領を与えて別格の家とした。

しかし、そのできた弟は早くに亡くなり、その嫡子たるシハラムは幼少時に家督を相続することになる。

しかし、周りの家臣たちと母方の祖父は野心を抑えられなかった。

幼若なシハラムの知らぬ間に謀叛を企て、実行してしまったのだ。

王太子妃アナスタシアを殺害してしまうという暴挙の果てに、反乱自体はあっさり失敗。

首謀者たちは粛清される。

当然、シハラムも処刑されることを覚悟した。しかし、ドレークハイトはこの甥っ子は無関係だとして、一切罪を科さず、謀叛前とまったく同じ待遇で遇したのである。

その信じがたい厚遇にシハラムは、深く恩義を感じた。また、王太子妃アナスタシアに大変可愛がられていたこともあって、罪滅ぼしのためにも、王家に絶対の忠義を尽くし、その柱石たらんと、今日まで励んできたのだ。

「お戯れが過ぎましょう。今バロムリスト王国は未曾有の危機に瀕しております。陛下にはこれからも陣頭に立ち、我々臣民を導いていただかねば困ります」

バロムリスト国王ドレークハイトはまだ五十代である。

まだまだ働き盛りだ。

しかし、そのようなお為《ため》ごかしを聞くつもりはない、とばかりにドレークハイトは続ける。

「未曾有の危機だからこそ、予は隠居して、後進に任そうというのだ」

「しかし」

反論しようとするシハラムを、ドレークハイトは片手で制した。

「予は外交で失敗した。セルベリア王国に娘を嫁がせるもフルセン王国に乗っ取られた。娘夫婦を引き取るも、もはやセルベリア王国とは不倶戴天の敵のようなものだ。そして、このたびはフレイアだ。かの国にはザウルステールを貸し出し、友好を保っていたが、このような仕儀になった。我が国の外交は完全に破綻してしまっておる。かくなる上は、予が身を引くことによって、これら負の遺産を清算するのだ」

「はぁ……」

ドレークハイトの主張は、理路整然としており、シハラムに口を挟む余地はない。

今まで西国の大国として鎮座していたバロムリスト王国。その盟友であったセルベリア王国とフレイア王国を失ったのは、両翼をもがれたに等しい。

盤石であった西海航路の経済圏が崩壊したのだ。

「王族の中で、今もっとも王位に相応しい者は、甥のそなたをおいて他にはいない」

「男子がいないというだけで、直孫のアーゼルハイト様がいらっしゃるではありませんか。王位継承の順位を違えるのは国家衰亡のもととなりまする。それがしなど所詮は単なる純粋な武人。とても王たる器ではございません。それよりも、アーゼルハイト様は英明にして、果断。女王として不足はない御仁と見受けられます」

「今この局面で、おなごの身には酷な仕事となろう」

「非才な身ですが、それがしが全力でお支えいたします」

シハラムは力強く請け負った。

どうやら、ドレークハイトは、シハラムにこの台詞を言わせたかったようである。

安堵したような表情を浮かべると、部屋の奥に向かって声をかけた。

「アーゼルハイト、このような仕儀とあいなった。よいな」

その声に応じて、別室に控えていた人物が姿を現す。

スラリと背の高い、見目麗しい女性だ。

白く透けるガラスのような肌をしている。

輝くような美しい金髪の前髪は一直線に切り揃え、左右のモミアゲを三つ編みにして、後ろでも太く二本の三つ編みにしている。人形のように整った面細の顔に、目はぱっちりと大きく、その奥で緑色の瞳が輝く。

赤い唇も肉感的であり、まさに大輪の薔薇と例えるに相応しい美貌だ。

誇り高い人となりを如実に表しているかのようだ。

「はい。お爺様」

この妖艶な眼差しに、怜悧な声色をした癖の強そうな美少女こそ、ドレークハイトの嫡孫アーゼルハイト。御年十八歳。

王女といえども、私的な場所ということで、白いシックなサマードレスを身に纏っているが、そんな布の上からもわかるダイナミックな曲線を描くプロポーションだ。

いまだ十代とは思えない育ちっぷりである。

のびやかな両腕を腹部で組んで、傲然と反り返るようにして見下ろす姿勢を取るものだから、胸元を押し上げる肉の塊は、前方に突き出るというよりも、天に向かってそびえたっているかのように見える。

ゾクリとするほどに冷たいカリスマがある女性だ。

まさに生まれながらの女王様といった風格というものを感じられる。

「おにい様に異存がないのでしたら、わたくしがお引き受けいたします……」

アーゼルハイトは、ドレークハイトの嫡孫。シハラムはドレークハイトの弟の子。シハラムから見ると、アーゼルハイトは従兄の娘ということになる。ただし、同じ王宮で育ったこともあり、身近な親族という親しみを込めて、アーゼルハイトは、シハラムを昔から「おにい様」と呼ぶ。

その鼻にかかった言い回しは一種独特で、小馬鹿にしているようであり、甘えているようであり、同時にゾクゾクするような色香を放っている。

二十歳にならずしてこの色気。このまま成長したらどこまで妖艶になるのか？　絶対、碌《ろく》な大人にならないな、と思わせるものがある。

「わたくしが国王になりましょう」

困難が待ち受けていることがわかりきっている難役を、アーゼルハイトはニコリと笑って引き受けた。

とんでもなく玲瓏で美しい笑みである。

このような笑みを向けられた男は、いかな朴念仁といえども一目惚れせずにはいられないだろう。シハラムが耐えられたのは、長年の耐性と彼女の本性を知っていればこそだ。

「姉さん、遠路ありがとうございます」

※

かくして、慌ただしくバロムリスト王国では王権の継承が行われることになったのだが、国王の交代は、そう簡単に行われることではない。

戴冠式を行うためには、国内外の有力者を招かねばならない。

そんな要人の中でも、極めて大事なのが朱雀神殿である。

朱雀神殿は西国に人気のある修道院だ。

馬車から降り立ったのは、次期法王の呼び声が高い大司教ユーフォリアである。彼女はバロムリスト王家の出身で、より詳しく言うのなら、シハラムの実姉である。

シハラムの幼少の頃に一族の者たちが起こした謀叛事件の責任を取る形で、バロムリスト王家を代表して、朱雀神殿に出家した。それを知っているだけにシハラムにとっては絶対に頭の上がらない人である。

「まぁ、シハラム。お出迎えありがとう」

赤い長髪のしっとりした大人の女性であり、見るからに聖女様という雰囲気がある。

出家しているとはいえ、たびたびお国入りをして、様々な行事に顔を出しているから、バロムリスト王国内での人気も高い。

「このたびは法王代理を引き受けてくださり、ありがとうございます」

「急なことでしたからね。法王様の都合がつかなかったようです」

ユーフォリアはいささか眉をひそめる。

朱雀神殿内にもいろいろな事情はあるだろう。

バロムリスト王国は、ユーフォリアのテリトリーだ。法王としても、あまり足を踏み入れたくない土地であろう。

馬車からは今一人女性が降り立った。

こちらはまだ十代と思しき少女だ。白いタイトなローブの上に、臙脂色の外套という朱雀神殿の高官を表す僧衣を纏っている。

「シハラム様、お久しぶりです」

そう挨拶したのは、年のころは十代後半の少女。赤茶けた長髪の上に赤い頭巾をかぶり、明るい茶色の瞳をしていた。

背丈は女として普通だが、肉づきがかなり薄い。細身の体躯をしている。顔も犀利でいかにも、生真面目そうだ。

親しげに挨拶されて、一瞬戸惑ったシハラムだが、なんとか記憶の奥から人名録を引っ張り出す。

「キミは……確かセルベリア王家の……」

「ジューザスの娘ヴィクトワールです。昔日はお世話になりました」

今から五年ほど前。バロムリスト王国の同盟国セルベリアが滅亡した。その最後の国王ジューザスの妻は、バロムリスト国王の娘であったために、王族一家は、バロムリスト王国で引き取った。

そのとき、ラグナイト砦まで、船で出迎えた一行の中にシハラムもいた。

出会ったときは王女様だった彼女は、その後、朱雀神殿に出家して尼僧になった。

「彼女はとても優秀で、このたび司祭の地位に就きましたので、このたびの戴冠式において、わたくしの補佐をしてもらうことになりました」

姉の紹介を受けて、四年ぶりに会う少女をまじまじと見た。

記憶にあるのはドレス姿ばかりだが、今は朱雀神殿の僧衣だ。雰囲気もずいぶんと変わった気がする。

「元気そうでよかった」

「はい、おかげ様をもちまして。シハラム様も、順調に御出世の様子。このたびも、フレイア王国の姫君を見事救出した武勇譚、聞き及んでおります」

顔を真っ赤にしたヴィクトワールは、モジモジとしながら語った。

そんな様子に、ユーフォリアが微笑する。

「あらあら、シハラムも隅に置けないわね」

「からかわないでください。今のわたしに女にうつつを抜かしている暇はありませんよ」

確かに、ヴィクトワールとは顔見知りだ。個人的な思い出もいくつもある。

しかし、彼女を思い出すと同時に、他に思い出した顔もあった。正直、シハラムにとってはそちらの方が思い出深い。

「彼女には意中の人がいますよ」

「え、そうなのですか?」

ユーフォリアは意外そうな顔をする。ヴィクトワールも戸惑った顔をした。

「ベルンハルトという男です」

「その方は確か……」

世事に疎いユーフォリアでも、聞いたことのある名前だったようだ。

「ええ、今は何やら、オレアンダーという国を簒奪した話題の男です。彼女は彼が好きなんですよ」

バロムリスト国にとって、国を追われて居候しているセルベリア王国の人々は厄介者でしかなかった。

そんなところにシハラムが足しげく通ったのは、ベルンハルトという勇士がいたからである。

彼との手合わせが目当てで足しげく通い、そのおりにヴィクトワールとも親交を持った。ヴィクトワールはベルンハルトについてきて、慣れないながらも一生懸命に手作りのサンドイッチなどを作ってきてくれたものだから、三人で食べた記憶がある。

「そうなのですか？」

ユーフォリアに尋ねられたヴィクトワールは、全力で首を横に振るう。

しかし、シハラムの方はそれを見ていない。

「あいつには、ぜひバロムリストに残ってもらいたかった。そして、この国難のとき、共に戦ってもらいたかったのだが、実に惜しいことをした」

ベルンハルトの伯父であるファルビン将軍が、ジューザス王と不仲となり、粛清されたのを機に、ベルンハルトはバロムリストの地から出ていってしまった。

また、ベルンハルトと親しかったことが災いしたのか、直後にヴィクトワールは親の命令で朱雀神殿に入れられてしまう。

ジューザス一家は、バロムリスト王国で賓客として迎えられたが、居候には違いない。口減らしという側面もあるであろう。

「そんな、わたくしは別に……。それにわたくしだって、巫女です。異性になどうつつを抜かしている暇はありません」

ヴィクトワールは決然と宣言する。

その二人のやり取りを見ていたユーフォリアは軽く溜息をつく。

「シハラムはもう少し女心を勉強すべきですね。特に朱雀神殿にいる女たちは、普段異性と接しませんから、純粋なのです」

実姉が何を言わんとしているのかわからず、シハラムは戸惑う。

「え、えーと、戴冠の儀式は明日になりますから、まずは宿に案内いたします」

新女王の即位に伴って、重臣たちも一新されることになり、否応なく重責を押しつけられたシハラムは多忙であった。

※

「バロムリスト王国。第十三代国王アーゼルハイト陛下、ご登極」

ドタバタしたが、バロムリスト王国の新女王としてアーゼルハイトが即位することになった。

彼女に王冠を授けているのは、朱雀神殿の法王代理であるユーフォリアだ。

年齢は十歳ほど違うが、大輪の薔薇のような絶世の美少女と、たおやかなる絶世の美女である。

二人が並ぶだけでも絵になった。

バロムリスト王国の誇る美女美少女を目の当たりにするのは、国民にとっては愛国心を大いに刺激される光景だろう。口々に歓声を上げる。

「聖処女王陛下、ばんざい！」

誰が言い出した呼称かわからないが、まだ年若く、浮ついた噂一つないアーゼルハイトに相応しいと感じたのだろう。多くの国民が好んでこの尊称を使った。

セルベリア王国に続いて、フレイア王国という盟友国が相次いで滅び、国民の中にも不安が広がっていたはずである。

そんな暗い世相を一掃するには、ちょうどいい明るい材料であっただろう。

バロムリストの王都ガラテイアには、大勢の人々が集まっていた。

目抜き通りには溢れんばかりの人、人、人。

沿道からは「聖処女王陛下」という歓声が途切れることはない。

警備するのも大変である。

（あのアーゼルハイトのお嬢ちゃんが女王陛下ね）

警備の騎士たちを指揮する傍ら、新しい主君を眺めて、シハラムはいささか感慨深い気分になった。

王族として、生まれたときから知っていて、まるで実の妹のような気分で見守ってきた。

幼少の頃から愛らしい美少女だったが、近年、驚くほどの美貌に成長している。それに伴って性格の方も、多少、ひねくれてしまったところがない訳ではないが、そんな欠点を補ってあまりある魅力がある。

(年若い女王に、政治手腕など期待する方が間違っている。そこは重臣一同が、死ぬ気で支えればいい。とにかくカリスマ性だけ感じられる。それで十分だ)

アーゼルハイトの即位に伴って、バロムリスト王国の人事も大きく刷新されることになった。

王家の分家として、筆頭家臣である家の当主であるシハラムは、いまだ世間では青二才といわれる年齢ながら、大将軍という肩書を与えられて、軍事のトップということになった。

西の大国バロムリスト王国。西海航路の覇者といっていい大国である。

決して弱小国ではない。気候は穏やかだし、海の恵みも豊かであり、海洋交易によって多大な富を得ているから、国民の生活も豊かだ。

特に外国に打って出ようなどという野心はなかったが、降りかかる火の粉は払わない訳にはいかない。

(俺の仕事は否応なく、ドモス王国との戦争だな)

国王になる話を断ったシハラムは、国王としての面倒な儀式をアーゼルハイトに任せて、軍務に精励したい、という思惑もある。

身の引き締まる思いだ。

※

「まずは無事の御戴冠の儀、おめでとうございます」

戴冠式が終わったあとは、せっかく集まってもらった国内外の貴賓をもてなすための祝宴となる。

それが一段落したところで、深夜。

今後のことを話しあうために、シハラムはアーゼルハイトと面会することになった。

女王と筆頭家老である。いろいろと話しあうことは多い。

さすがに疲れたのだろう。王座に腰をかけたアーゼルハイトは、悠然と足を組むと、右手で三つ編みにしたモミアゲを弄びつつ、ねちっこい絡みつくような声で質問した。

「面倒な挨拶はいらないわ。それでフレイア王国、いや、フレイア地方の様子はどうなの？」

アーゼルハイトは膝を開いて、右足の踝を、左足の太腿に乗せた。おかげでスカートの中から下着が見えてしまっている。

しかし、本人は一向に気にしていないようだ。

生まれたときから身近にいる兄のような存在である。変に気を使うことはない、という身内感覚なのだろう。

とはいえ、さすがにここまでくつろいだ姿を見せたのは初めてだ。

いささか驚きながらも、シハラムは恭《うやうや》しく応じる。

「至って平穏なようですね。今は虚脱状態というのが相応しいでしょう」

嵐の直後の静けさであり、また、嵐の直前の静けさでもあるだろう。

「世界情勢は難しいことになっているんでしょ。今一度、おにい様の口から説明して欲しいわ」

「了解しました」

いくら鋭敏な頭脳を持っていても、アーゼルハイトはまだ十八歳の小娘である。

国内の状況、隣国のことまではなんとかわかっても、遥か遠国の国際情勢まで把握できているはずがない。

そこを補佐するのが、家臣の務めである。

また、アーゼルハイトからしても、国の命運を託す筆頭家臣の見解を知っておきたいであろう。

シハラムは語り聞かせた。

「現在、世界は大きく分けて四つの勢力に分かれています」

「北のドモス王国、東のラルフィント王国、南の二重王国、西の諸国連合ね」

「はい。ドモス王国は国王ロレントの野望の下、武力による世界の統一政府の樹立を目指す勢力です。これはいわば他国はすべて滅ぼすべき敵と公言しているようなもので、外交も何もあったものではない野蛮な国です」

北のド辺境の小国であったが、仙樹暦１０２０年。現国王ロレントが二十歳で即位してから、瞬く間に北大陸を席巻。セレスト、シュルビー、クラナリア、エクスター、ヴィーヴル、クロチルダ、ネフティス、バザン、インフェルミナ、メリシャントと征服した。

しかし、仙樹暦１０３６年に行われたメリシャント侵攻のおりに、南の覇国オルシーニ・サブリナ二重王国と激突。

さらに東の大国ラルフィント王国もまた、一万人もの大軍を派遣するに至って、ドモス王国は、敗北に近い和睦を結ぶことになる。

これによってドモス王国の快進撃は止まった。

それどころか、無理な侵略戦争のツケが回って、各地で一揆や反乱が続発。メリシャント、インフェルミナ、ネフティス、バザンといった地域を失う。

この十年ばかり、ドモス王国は落ち目だと誰もが思っていた。しかし、今年に入ってドモス王国はフレイア王国の征服に成功する。

「ラルフィント王国の内乱が大きかったわね。まさか風の噂に聞くだけの遠い国の出来事が、わたくしの生活にまで関わってくるとは予想もしていなかったわ」

「それがしもです……」

アーゼルハイトの慨嘆に、シハラムも同意した。

一時期、世界を制するのではないかと目されたこの古の超大国は、王弟オルディーンの反乱以後、長きに渡って山麓朝と雲山朝に分かれて慢性的な内紛を繰り返していた。

しかし、この政治情勢が一変する。

すなわち、山麓朝の有力豪族レナス家が、雲山朝に寝返ったのだ。

これに伴う内乱。のちの世にいうミラージュ戦役は、今までの内紛とはケタ違いに激しいものとなってしまった。

これにより、ドモス王国にとっての後門の狼というべき、ラルフィント王国の驚異がなくなった。

「これを奇貨としたドモス王国は、フレイア王国に余剰戦力のありったけをぶち込んで突破孔を開けた。まさに起死回生。我が国の悪夢の始まりという訳ね」

アーゼルハイトは肩を竦める。

「まったくスケールが大きな話で嫌になるわ。……それでドモス王国はすぐにでも攻めてくるの？」

「くるでしょうね」

シハラムはあっさりと認めた。

ドモス王国は堂々と世界の武力統一を謳っている国である。

国境を接した国はみな敵だ。

今までバロムリスト王国とは国境を接してはいなかったが、フレイアが占領されたことで、否応なく接してしまった。

「攻めてくるなら戦争になるわね。闘って勝てるの？」

率直的すぎる質問である。しかし、国家の最高責任者となった以上、アーゼルハイトとしては知っておかねばならない情報であるだろう。

軍事の責任者としてシハラムとしては、万全を期さねばならない答えだ。

「勝てます」

「……本気で言っているの？」

驚いたように目を見開いてみせたアーゼルハイトだが、いささか外連味《けれんみ》が強く、わざと嘲笑しているようにも感じる。

シハラムは胸を張って答えた。

「はい。ドモス王国は確かに強大です。国王は勇猛で、有能な将帥が多く、兵士たちも強い。しかし、それだけです。能力のある者を経歴に関係なく次々と登用している。それは裏を返すと、信用のない者を登用しているということです。まるで積木を高く積み上げているかのようで、何か一つが狂うとすべてが崩壊する。そんな危うさを感じる。これはそれがしの感想というだけではなく、誰もがそう感じているから反乱は一向に収まらない。実に危うい国家です」

「……なるほど」

シハラムの説明を噛み締めるように、アーゼルハイトは頷く。

「また、純軍事的に考えても、ドモス軍がこのバロムリストを攻めようとするなら、フレイアの砂漠を横断してくることになる。フレイア砂漠は否応なく遠征軍の体力を奪うでしょう。とてもではありませんが、大軍を送り込むことは叶わぬと思います。十分我らの兵力で勝てます」

「でも、最初の一度や二度勝ったところで、最終的には負けるのではないかしら？　フレイア王国がそうであったように。おにい様は別に遠征軍を率いて、ドモスの領土を奪いとろうなどという野心をわたくしに焚きつけようなどと思ってはないのでしょう？」

アーゼルハイトの懸念はもっともだ。そこに気づいているあたり、慧眼というべきだろう。

「ええ、しかし、それがしとしてもできうるならば戦いたくはありません。火中の栗を進んで拾うことはありませんからね。朱雀神殿、とりわけそれがしの姉は、ドモス王国と上手くやっているようです。その線から上手く和睦の道を探るつもりです」

「ユーフォリア殿ね。まあ、期待しているわ。おにい様を信じるというのが、わたくしの大前提ですもの」

女王の全幅の信頼を得て、シハラムは頭を垂れる。

「承知いたしました。聖処女王陛下」

「その呼称はやめてっ！」

シハラムの言葉を遮るようにアーゼルハイトは口を挟んだ。

「？」

今日の戴冠式及び、パレードの最中、アーゼルハイトを見た国民は、みな歓声とともにこの呼称を使っていた。

いまやアーゼルハイトの二つ名のようなものだ。

それほど深い意図を持って使った訳ではないが、アーゼルハイトの拒絶があまりにも強烈だったので戸惑う。

右手で顔を覆ったアーゼルハイトは憎々しげに応じる。

「聖処女なんて呼ばれて喜ぶ女がいると思う？」

「……」

シハラムは返答に困った。少なくとも呼ぶ方は尊称のつもりで叫んでいる。しかし、アーゼルハイトの認識ではどうやら違うようだ。

左手で拳を作ると、王座の肘かけを叩く。

「ええ、確かにわたくしは処女よ。男に貫かれたこともなければ、男とキスしたこともない。世間知らずのお子様よ。だからって、誰にも処女だ、処女だって、嘲られるいわれはないわ」

「嘲っている訳ではないと思いますが……」

「嘲っているわよ。おにい様が朴念仁だってことは十分に承知しているけど、少しは想像してご覧なさい。男に例えれば、童貞国王と言われているようなものなのよ。それを国中の人に言われているの。こんな辱め、そうそうないわよ」

アーゼルハイトは怖気がする、と言いたげに両手で腕を抱いた。

「……。なるほど。それは失礼いたしました」

男が童貞にある種の劣等感を感じるように、女は処女に対して劣等感を感じるものなのだろう。

いささか自意識過剰なのではないか、という思いもあるが、ここは主君にして妹分の意見を尊重することにする。

「まったく、即位早々、こんな恥辱を受けるとは予想していなかったわ」

尊大なアーゼルハイトらしくもなく、顔を真っ赤にしている。

「あ、それからわたくしと二人っきりのときにまで、そんなにへりくだらなくていいわよ。おにい様はおにい様なんだし」

「ああ、わかった」

これはつまり、妹分として甘えさせろ、ということだろう。

我儘な妹を持った気分のシハラムは、いささか口調を改めた。

「しかし、陛下に対する呼称を改めさせる訳にもいかないぞ。言っている者たちは、好意や親しみを込めて言っている訳だしな」

「わかっているわよ。だから、余計タチが悪い。わたくしが結婚でもするまでは、その無茶苦茶恥ずかしい呼称に耐えなくてはならないわね。あぁそうだ。一応確認しておくけど、わたくしって結婚できるの？　まさか国家と結婚しろなんて言わないわよね」

「そりゃ、できる」

アーゼルハイトの杞憂を取りはらおうと、シハラムは真面目に頷いた。

「当然、政略結婚よね」

「ああ。それは諦めてくれ」

バロムリスト王国の女王の夫である。それは極めて政治的な問題である。バロムリスト王国の未来に関わる重大事だ。

アーゼルハイトは諦めたように指折り数える。

「ドモス王国から取るか、二重王国から取るか、西国同盟から取るか。……その間、わたくしは孤閨を守らなくてはならない訳ね。最悪、ドモス国王のエロ親父に貞操を差し出して城下の盟ってことにする手もあるものね。おにい様はそこまで考えてわたくしを国王にしたの？」

「まさか」

物心ついた頃から知っている気安さなのか、アーゼルハイトは、シハラムにはいろいろと悪態をつく癖がある。

アーゼルハイトは芝居がかった仕草で、天を仰いだ。

「まったく、わたくしはこんなに若くて美しいのに女としての幸せは望めないって訳ね。ああ、適当な男、抓み食いしようかしら？」

「やめなさい」

シハラムはさすがに強く諌めた。

それがかえってアーゼルハイトの、余計な嗜虐心を刺激してしまったようだ。

意地悪そうな笑みを湛えると、シハラムを斜め下から見上げてくる。

「おにい様、わかっているのかしら？　いくら聖処女王なんて持ち上げたところで、わたくしは一人の生身の女でしかないの」

「承知している」

「人並みの女として、結婚願望もあれば、性欲もある。市井の女と同じように、お洒落を楽しみたいし、燃えるような恋もしたい。そして、セックス遊びだってしてみたい。そう思うのが普通ではなくて？」

その完璧な美貌で、生まれながらの女王様といった尊大な物言いで主張されても、なかなか納得し難いものがある。

「……」

どう応えていいかわからず、息を呑むシハラムの顔を見て、アーゼルハイトは「くっくっくっ」とさながら魔女王と言いたげに笑う。

「おにい様は、わたくしを傀儡として使うつもりなんでしょ？」

「滅相もなきこと、そんなことを考えたこともないよ」

本気でそんなことを考えたこともなかったシハラムは慌てて否定した。

「それじゃ、立場をはっきりさせておきましょうか？　わたくしが王で、おにい様は臣」

「その通りです。我が主君」

シハラムは恭しく跪いて、頭を垂れる。

それに向かってアーゼルハイトは、青いハイヒールを履いた右足を差し出した。

「なら、最初の勅命よ。忠義の証として、わたくしの足を舐めなさい」

「……」

茫然とするシハラムを前に、アーゼルハイトは気持ちよさそうに高笑いする。

「あははっ、せっかくの権力だし、使わないともったいないと思うのよ。さぁ、早くお舐め、それともできないの？　大将軍閣下♪」

（まったく、この小娘……）

さすがにムカッときたシハラムであったが、勅命とあっては逆らうことはできない。

「承知いたしました」

恭しくハイヒールに包まれた足を押し戴く。

「この命、焼き尽きるまで御身に忠誠を誓います」

宣誓と同時に、ハイヒールの爪先に接吻する。

しかし、アーゼルハイトはそれでは満足しなかった。

「まだよ。靴を脱がして、直接足の指を舐めて。できるでしょ。おにい様が、王位を固辞するから、わたくしにお鉢が回ってきたのよ。責任を取ってもらわないとね」

仕方ないので、シハラムはアーゼルハイトの足からハイヒールを脱がす。

「あはっ♪　今日はいろいろと儀式をさせられたから、足がむくんでいるのよ。汗もいっぱい掻いた。そんな汚い足を舐めるの？」

「……」

本人の言葉とは裏腹に、足の指まで綺麗な娘である。半透明の爪など磨き抜かれた貝殻のようだ。

汗にしても、掻いたことなどなさそうである。

シハラムは特に嫌悪感もなく、足の甲に接吻した。

「これで満足か？」

「ダメよ。もっと足の指を舐めて、咥《くわ》えて、そして足の指の間に舌を入れて、嬲り回してくれないと……」

まったく、そんなことをして何が楽しいのかわからないが、少なくともアーゼルハイトは楽しいらしく、緑の瞳は脂を点したように爛々と輝き、声も弾んでいる。

確かに少し汗臭いかもしれない。

どんなにこの世ならざる美貌を誇ろうと、生身の女である。

「承知した」

主命に従ったシハラムは、アーゼルハイトの作り物のような足を両手で持つと、その爪先を豪快に咥えた。

ジュル、ジュルジュルジュル……。

親指から一本一本、舐めしゃぶっていく。

「あはっ、まさか本当に舐めるだなんて♪」

「俺は忠実な臣下だと誓約したろ。命じられればなんでもするさ」

「あの誇り高いおにい様がわたくしの足を舐めるだなんて。あぁ、こ、これが女王になるってことなのね。もう、おにい様はわたくしのいいなりなんだ♪」

顔を紅潮させたアーゼルハイトは、口元に指を当て、熱にでも浮かされたかのように、ゾクゾクと身を震わせる。

足の指が女にとってそれほど強烈な性感帯とは思えない。しかし、精神的には強烈な刺激となっているようだ。

「年下の女のいいなりになって♪　その汚い足を犬みたいにペロペロ舐めるだなんて♪　おにい様ったら変態だったのね♪　この変態♪　変態♪　変態♪」

罵声とは裏腹に、その声色は楽しげに弾んでしまっている。

権力という慣れない玩具を手に入れて舞い上がっているようだ。

右足を差し出したまま、大きくのけぞったアーゼルハイトは、口元を押さえて天を仰ぐ。

おかげでスカートが大きく開いてしまって、ショーツが覗いてしまう。

刺繍の入った高級そうな下着だ。そのまたぐり部分には大きな染みが出来てしまっている。

しかも食い込んでしまっているようで、股布に綺麗にマンスジが浮かぶ。

「あは♪　楽しい♪　すっごく気持ちいいわぁ～♪」

ゾクゾクと身震いした瞬間、ショーツが保水力の限界を超えた。

白い内腿に幾筋もの水跡が走る。

「はぁ、はぁ、はぁ……」

どうやら、生まれながらの女王様といった顔をした新女王様は、足を舐められていただけでイってしまったらしい。

聖処女と呼ばれるだけあって、自涜の一つもしたことがなかったのかもしれない。国民は本質を見抜いていたのだ。

「あぁ、もうおにい様は、その髪の毛一本にいたるまでわたくしのもの♪」

王座で痴態を晒しながらも、アーゼルハイトはとっても満足そうであった。

第二章　朱雀神殿の秘密

「これは内々の話なのですが……」

バロムリスト王国の女王の即位式ということで、内外の有力者が集まる。

このようなとき親睦を深め、情報を交換するのが宮廷外交というものだ。

バロムリスト王国の大将軍たるシハラムにも様々な人が寄ってきて、様々なことを囁いていく。

このたびシハラムにそっと耳打ちをしてきたのは、イシュタール王国の外交官シャクティという女であった。

「現在、イシュタール王国と二重王国の間で軍事同盟の話が持ち上がっています」

「……なるほど」

ドモス王国はフレイア王国を占領した。次にバロムリスト王国に狙いを定めていることは自明のこと。

バロムリスト王国が西国諸国連合に所属している以上、連合は全力をもってバロムリスト王国を支援するだろう。しなければ、連合は有名無実化する。

一方、二重王国とドモス王国は十年前から抜き差しならぬ関係にある。

一度は落ち目と見えたドモス王国が、フレイア占領によって息を吹き返した、という世論を潰すためにも、二重王国は大きな軍事的勝利が欲しいだろう。

つまり、対ドモスという一点で、西国諸国連合と二重王国が野合することは十分にあることだ。

「バロムリスト王国に異存がなければ、この話を進めようと思いますが、いかがですか？」

「もちろん、仲間は多いほどいい。ぜひそうしてください」

シハラムは全面的に同意した。

西国諸国連合というのはあくまでも対等な同盟関係にある。一方で、二重王国は周囲の国々を傀儡化している。似て非なるモノなのだ。

西国諸国連合は、ドモス王国に勝るとも劣らぬ警戒心を二重王国に持っているが、二重王国とバロムリスト王国は遠い。反対する利用はなかった。

「では、そのように主に伝えさせていただきます」

にこやかに笑ったシャクティは、オルシーニ・サブリナ二重王国の煌星騎士団の筆頭であるギンブレッド卿に近づいていった。

※

「亡命を受け入れて頂きありがとうございます」

新女王として即位したアーゼルハイトの仕事は、とにかく人と会うことである。

若く美しい女王は、国民に人気なだけではなく、各国の大使にも人気であり、面会の依頼が山のようにあった。

おかげでだいぶ後回しになったが、フレイア王国の王女レジェンダも、シハラムの骨折りもあって女王アーゼルハイトと会見する。

「フレイアとバロムリストは長年の盟友。レジェンダ姫も我が家にいるようなつもりでおくつろぎください」

謁見の間である。広々とした荘厳な広間の北の壁際。

一段高くなった雛壇の上に据えられた王座に悠然と座ったアーゼルハイトは、金の髪飾りを付け、ゆったりとした王衣を纏い、右手には王笏を持つ。

若いが堂々たる女王ぶりだ。

のけぞるような姿勢で、冷たい上から目線を送るアーゼルハイトは、巨大な乳房が上を向いているかのような我儘乳房が特徴的だ。下手に触れたら弾き飛ばされそうな迫力である。

一方、拝跪したレジェンダは、口元には半透明のベール、上半身は胸当てだけで、引き締まった腹部は完全に露出。まんまるいお臍を堂々と晒している。

下半身は半透明のハーレムパンツ。ゆったりとしているが、足首はきゅっと締まり、さらに内側にスリットが入って、生足を晒す、という非常にセクシーな装いだ。

乳房の大きさは、アーゼルハイトに勝っているが、アーゼルハイトのように上を向いていることはなく、柔らかい肉まん形である。

色白の肌と褐色の肌。金髪と桃髪。華麗と妖艶。全然似ていないように見えて、二人は従姉妹という関係である。

レジェンダの父親マドアスの妹アナスタシアが、アーゼルハイトの母親なのだ。

各国の王族というのは、常に政略結婚を繰り返しているものであり、家系図などを見ると、意外なところで繋がっている場合が多い。

「温かいお言葉、痛み入ります。我が祖国から流れてきた者たちの生活も立つようにしていただきたい」

「それは無論、当然のことです。ここを第二の故郷として、昔と変わらぬ幸せな生活をさせてみせます」

たとえ言葉だけだとしても、そう言ってもらえるのは、嬉しかったのだろう。

顔を輝かせたレジェンダはさらに提案した。

「重ね重ねのご温情。なんてお礼を言っていいかわかりません。せめてのこととして恩に報いるに、あたしにシハラム殿の手伝いをさせていただきたい」

ピクッ。

切れ長のアーゼルハイトの目元が痙攣した。

しかし、何事もなかったかのように超然とした顔で口を開く。

「シハラムは、我が軍の柱です。これから最前線に出ることも多くなりましょう。レジェンダ姫には、後方にあって手伝いをしていただきたい」

「ご心配なく、あたしも武芸にはいささか自信があります。その昔、女剣豪ミリア様から花流星翔剣を習ったこともあるんですよ」

自信たっぷりのレジェンダの主張を聞いて、アーゼルハイトは無言の眼差しで諌めろ、と信頼する筆頭家老の方を見る。

シハラムはごく真面目に淡々と事実を説明した。

「はい。拝見したところ彼女の武芸はたいしたものです。十分に戦力として計算できます。これから国難のとき、人手はいくらあっても足りません。彼女に協力していただけると助かります」

レジェンダがバロムリスト軍に協力しているとなれば、フレイア王国の残党たちがこぞって参加してくれるであろう。

そうなれば戦力の増加が容易になる。

「そう、おにい様がそう言うなら、まぁ、いいけど……」

シハラムの意見を受け入れたアーゼルハイトは、何が不満なのか軽く口元を尖らせる。

それから王笏を侍女に預けると、すっと王座から立ち上がり、壇上から悠然と歩み降り、レジェンダの眼前に立つ。

「……？」

戸惑うレジェンダに顔を近づけると、その左の耳元で囁く。

「ねぇ、あなた。今まで何本のちんぽを食べてきたの？」

「えっ⁉」

聖処女王とまで国民に称えられる麗しい姫様の口から出てきたとは思えぬ台詞に、レジェンダは戸惑う。

さらにアーゼルハイトは右手で、レジェンダの左の乳房を鷲掴みにした。

「この無駄に大きいおっぱいで、さぞや多くの男を誑《たぶら》かしてきたんでしょうね」

クールで尊大な表情のままアーゼルハイトは、レジェンダの巨大な乳房に五指をめり込ませて、豪快に揉みしだく。

「ああ……！」

たまらず頬を染めて恥辱の声を上げたレジェンダであったが、気の強さという意味では負けていなかった。

こちらも、右手を上げるとアーゼルハイトのドレスに包まれている左の乳房を鷲掴みにした。

「ああっ」

反撃されるとは予想していなかったのか、アーゼルハイトは驚きの悲鳴を上げる。

「あら、仕掛けてきたわりには、責められると弱いね。聖処女王様」

レジェンダは意図的に、処女という部分にアクセントを込めて囁いた。その挑発にアーゼルハイトは乗る。

屈辱に顔を歪めるアーゼルハイトの乳房は、レジェンダに及ばないものの、十分に大きい。それを揉み込みながら、レジェンダは耳元で囁き返す。

「残念ながら、あたしも処女姫なのよ。これでも故郷にいたときは猫の皮を二、三枚上手に羽織っていたからね」

「本当に？　あんたがおにい様に気があるの見え見えなんだけど？」

華やかな乳当ての中に手を突っ込んだアーゼルハイトは凶悪な表情で囁く。負けずにドレスの胸元から手を突っ込んだレジェンダは小馬鹿にしたように応じる。

「あら、いい年してブラコン？」

「あのね、わたくしがおにい様と呼ぶのは、あくまでも親しみを込めた呼称なの。実際は五等親も離れているから全然問題ないわ」

従姉妹といっても初対面の二人は、互いの生乳を揉みあいながら、互いの耳元でののしりあう。

「あなたは女王陛下でしょ。これからお国のために政略結婚するのが務めじゃない。あたしの方はもう自由の身。これからは自由恋愛を楽しませてもらおうと思うの。やっぱ女がいい男にやられたいと思うのは本能よね」

「こいつぬけぬけと……。出会ったばかりの男を好きになるって、どれだけ尻軽よ」

「あたしは物語のお姫様よろしく、絶体絶命のところを助けてもらったよ。乙女ならときめいて当然でしょ。これから一緒に仕事をすることで愛を育てようというのだから、温かく見守ってもらいたいわ」

何を話しあっているのかはよく聞こえないのだが、王族二人が何やら険悪な雰囲気で、乳房を揉みあっている。廷臣たちは見て見ぬふりをしていたが、立場上、傍観もできないと覚悟を決めたシハラムが口を挟む。

「お二人とも、何をなさっておられるのですか？」

発狂したのか、と思わず正気を疑いたくなるシハラムを、アーゼルハイトは鋭く一喝した。

「おにい様は黙っていて！　これは身分なんて関係ない。女同士の話しあいだから！」

「ええ、これは女同士の肉体言語です！」

美少女二人の剣幕に畏怖したシハラムは、すごすごと引き下がるしかない。

「さ、左様で……？」

殴りあっているとかならばともかく、互い乳房を揉みあう女たちの争いを止めに入る勇気はない。

そして、女たちの争いは、さらに一段階進んだ。

お互い左手を下半身に下ろすと、それぞれスカートとハーレムパンツの中に手を突っ込んだのだ。

「はぅ♪」

二人は互いのショーツの中にまで指を入れたようで、指先で陰阜を陰毛ごと掻きむしる。

「何が聖処女王よ。ちょっと弄っただけでヌレヌレじゃない。ひぃっ！」

「淫乱痴女のくせに、確かに処女膜があるみたいね。あひぃ！」

「あ、あなたこそ、さすがは聖処女王♪　これ、膜でしょ」

お互いの処女膜を確認したところで、二人は暗黙の了解で、膣孔に指を入れるのはやめる。代わって淫核を中心に責めだした。

やんごとなき血筋のお姫様二人は、抱きあいながら、右手で乳房を採みしだき、左手で股間を弄くる。

「はぁん、この痴女、耳に息を吹きかけるなぁ」

「あら、聖処女様は耳弱いの、ふぅふぅ」

「この痴女、調子に乗って、はむ」

耳に息を吹きかけられて悶えたアーゼルハイトは、レジェンダの耳を舐め始めた。

「ひぃ、くすぐったい。あぁ～ん」

「あ、ダメ、そこダメ～～」

女の身体は女が知っている、という至言もある。

女同士だからこそ、荒々しく責めながらも互いに的確に壺を突いているらしい。

いつもは威厳に満ちた尊大な態度を崩さないアーゼルハイトが、頬を染めて、苦しそうに口を開けて喘いでいる。

褐色の肌が艶めかしいレジェンダもまた、恍惚の表情を隠せない。

「あああ～～～ん♪」

女たちの意地の張りあいも限界に達したようだ。麗しきお姫様二人は抱きあったまま膝を崩して、その場で膝立ちになる。

「はぁ……、はぁ……、はぁ……」

多くの国民に姫様と敬愛される二人は抱きあって荒い呼吸をしていたが、やがて満足したのか、身体を離す。

そして、レジェンダは股間から引き抜いた指を、アーゼルハイトの鼻先に翳す。

「聖処女王ってわりには、恥ずかしい濡れっぷりね」

「あんたこそ、淫乱な見た目通り、ドロドロじゃない」

尊大なお姫様とセクシーなお姫様は、互いの鼻先に、粘液の糸引く指先を差し出しあう。

ふいにレジェンダが顔を背ける。

「うわ、処女臭っ」

「処女臭い言うな。あんたのオマ〇コも処女臭いわよ」

ムキになったアーゼルハイトとレジェンダは互いの愛液の匂いを嗅がせあっていた。

「ほんとだ臭い、あはは♪」

「うふふふ、これは恥ずかしいわ♪」

お互いの指についた恥蜜の匂いを嗅ぎあいながら、アーゼルハイトとレジェンダは楽しげに笑いあう。

それは殴りあって友情が深まったということなのだろうか。

凡人にはわからない心理状態である。

侍女の持ってきたナプキンで指を拭いてから、身支度を整えてアーゼルハイトは立ち上がる。

「まぁ、いいわ。おにい様は、わたくしがいくら誘惑してもまったく気づかない朴念仁だから、落とせるものなら落としてご覧なさい」

「それじゃ遠慮なく頑張らせてもらうわ♪　あたしの魅力で骨抜きにしてみせるわよ」

両腕を上げたレジェンダは、しなやかに腰を振るってみせる。

なぜか意気投合してしまったやんごとなき身分の乙女たちに、シハラムは呆れて額を押さえることしかできなかった。

(小娘たちのコミュニケーションの取り方はよくわからん)

シハラムに限らず、お姫様たちの奇行を、廷臣たちは見て見ぬふりをすることに決めたようだ。

みな教育の行き届いた人々だから、口外するようなマネはしない。もし、王宮でこんなことがあったと吹聴したとしても、下世話な法螺として、善良なる国民たちに怒られることだろう。

※

「ということで、わたくしレジェンダは、正式にシハラム将軍の部下とあいなりました。存分にこき使ってください。寝台の中までお伴しま～す」

亡命を認められたレジェンダは、シハラムの前にやってくると、わざとらしい敬礼をしてみせた。

セクシー衣装のお姫様に宣言されて、シハラムはいささか困惑する。

「いや、仕事でそこまでする必要はない」

「仕事ではなく、あたし個人が、シハラム様にマジ惚れしてしまったから♪」

なんともストレートである。頭痛がすると言いたげに眉間に皺を寄せながらシハラムは溜息をつく。

「気持ちだけ受け取っておく」

祖国を追われた姫君とはいえ、現在のバロムリスト国王アーゼルハイトの従姉である。軽々しく恋愛をしていい対象ではない。

冗談と片付けて、歩みだすシハラムに、レジェンダは必死についてくる。

「シハラム将軍は、まだ結婚はしていないいんでしょ？」

「ああ」

シハラムは短く返事をした。

あまり、その話題は語りたくない、という思いがあるのだ。

というのも、シハラムは国内の筆頭家臣である。

その気になれば、いくらでも漁色ができた。美しい花々は自ら摘み取られたいと寄ってきたものだ。

しかし、それらを意図的に避けていた。

女性に興味がない訳ではない。健康な男子である。木石ではないのだから、性欲を持て余すことはあった。

アーゼルハイトには朴念仁と、散々に非難されるシハラムも成人男性である。

しかし、貴族の姫君にだけは決して手を出すまい、と心に誓っていた。

有力な外戚を持ってしまったら、姉ユーフォリアが貴族と結婚せずに、出家している意味もなくなる。

「なら、ぜひ奥方候補として付き合ってくれませんか？　祖国は滅んでしまったけど、一応、バロムリスト女王の従姉でもある訳だし、家格としては不足ないと、思うんだけど」

だからこそ、レジェンダとは恋愛をしたくないのだ。

「今の俺には恋愛ゲームを楽しんでいる余裕はない」

まさかこのような意図で、部下として働きたいと思っていたなどと、予測していなかったシハラムは困惑する。

「正室がダメなら、側室でもよし。とにかく、あたしの子宮が、シハラム将軍の子種が欲しいって夜泣きするんですよね」

お国柄なのだろうか。なんともあけすけである。

「あたし身体には自信があるんです。母親が旅芸人だったんですよ。だから、身体は柔らかい。どんなアクロバティックな体位にも対応しますよ」

「そういうことに興味がない」

「もう、いけずですね。でも、だからこそ頑張り甲斐があります」

まったくめげないお姫様である。

シハラムは王宮を出た。まるで子犬のようにまとわりついてくるレジェンダは行き先に興味を持ったようだ。

「あれ、これからどこ行くんですか？」

「朱雀神殿だ。姉上に会いに行く」

バロムリスト王国の筆頭家臣であるシハラムは、とにかくやるべきことがたくさんあった。

※

「姉上、本日まかり越しましたのは、お願いの儀があったからです」

王宮のすぐ近くにある朱雀神殿の寺院。

その談話室で、ユーフォリアとシハラムという実の姉と弟は対面していた。

男子禁制の神殿とはいえ、談話室に入る男性は多いだろう。と予想はつくのだが、やはり男としてはいささか居心地は悪い。

ちなみにレジェンダもここまではついてきてない。というのも、寺院の入り口で、巫女の皆さんに服装を咎められたのだ。

「可愛い弟の願いとあっては無下にはできませんね」

澄ました顔で応じるユーフォリアは、弟の目から見ても、優雅で神秘的。庶民が思い描く聖女様の理想像を絵にしたような女性であった。

神々しすぎて、一対一で対面していると、いささか息苦しくなる。

「失礼します。お茶をお持ちしました」

黄金細工の机を挟んで、ゆったりとしたラウンジチェアに腰をかけた二人の下に、紅茶を淹れたヴィクトワールが入室してくる。その持参したティーセットも金泥の入った芸術品だ。

朱雀神殿というのは、西国諸侯の王侯貴族の姫君が出家するような寺院であるから、とにかく金持ちなのだ。

宗教施設というのは、大抵芸術の塊であるが、朱雀神殿は特にその傾向が強い。

戦乱の時代である。多くの家臣を死なせる君主たちは、罪悪感に苛まれ、その精神的な逃げ道として、愛する子女を出家させて菩提を弔わせる。

現在のバロムリスト王国では、このユーフォリアがその役目を担っているのだ。国は彼女のために、多額の寄進をしている
「お話というのは、他でもありません。今後のこの国の歩むべき道についてです」

「それは大事ね」

すべてを承知していると言いたげにユーフォリアは、伏し目がちに頷く。

「姉上もご承知とは思いますが、我が国は今国家存亡の危機にあります。我が国としては、ドモス王国と敵対するつもりはございません。共存できるなら、したい。姉さんは、ドモ

ス王国と強いコネがあると聞き及んでおります。上手く口利きをしてはいただけませんか？」

　ユーフォリアは困惑したように小首を傾げてみせる。

「コネがある、と言われても、上層部に顔が利く訳ではないわ。政治的なことに口を出せる立場ではありませんよ」

　ユーフォリアは、朱雀神殿の中でもドモス派の聖女として知られていた。

　なぜ、彼女がドモスに肩入れするようになったかは不明ながら、バロムリスト王国としては、ドモス王国がフレイア王国を滅ぼしたときの保険といった意味で、彼女の政治活動を黙認していた。

　そして、その保険を活用するときが来たのだ。

「それは重々、承知しています。それを踏まえた上で、ドモス王国の侵攻を免れる策はないものでしょうか？」

　ティーカップを机に下ろしながらユーフォリアは溜息をつく。

「わたくしも愛する祖国と、可愛い弟のためにできることはなんでもいたします。しかし、ドモス王国と真正面から敵対していたフレイア王国を支援していたのです。かの国から見た我が国の心証は最悪と申してよろしいでしょう」

　フレイア王国の残党を受け入れたことも、ドモス王国に侵攻の口実を与えることになる。

「ドモス王国に従属している国といえば、ナウシアカ王国という先例があるわ。あの国は貴族の子弟を百人余り、留学という名の人質として差し出しています。バロムリスト王国もそれに倣ってみますか？」

「それは受け入れられない。我が国の世論が許さないということもあるでしょう。何よりも、ナウシアカ王国とは地政的な条件が大きく異なる。今度は二重王国との戦いの最前線ということになってしまう」

バロムリスト王国の国民は、フレイア王国の産出する魔法触媒を売ることで、莫大な利益を得てきた。

長年の付き合いもあって、フレイア王国を友人と思っている人は多い。

「ドモス王国に攻められたくはないが、共闘もしたくない。都合のいい話ですね」

「そこをなんとか姉上のお力で、纏め上げていただきたいのです」

弟の苦しい立場を理解して、ユーフォリアは溜息をつく。

「ふぅ～。とりあえず、フレイア王国の総督となったヒルクルス将軍と繋ぎをつけてみます。それでよろしいですね」

「はい。よろしくお願いします」

シハラムはふかぶかと頭を下げた。その膝にユーフォリアは手を添える。

「姉上……？」

「わたくしはあなたの味方です。できる限りのことはしましょう。もう難しい話はないのでしょう」

「はい」

ユーフォリアはにっこりと微笑する。

「今夜は朱雀神殿に泊まっていくといいでしょう」

「いや、屋敷はそう遠くありませんし……」

辞退しようとするシハラムを、ユーフォリアは止める。

「たまには姉弟水入らずで晩餐をいたしましょう。とはいっても、所詮は尼寺の精進料理、大将軍閣下には物足りないかもしれませんが……」

「いえ、ぜひご相伴させてください」

ユーフォリアの気遣いが嬉しい。

実の姉弟といえども、お互い忙しい身である。今後、いつこのような機会を持てるかわからない。

「あ、それからヴィクトワール司祭を、ここバロムリスト王国の首都ガラテイア大聖堂の責任者として置いておきますから、わたくしとの連絡は彼女を通してお願いします」

「了解しました。よろしく、ヴィクトワール」

「はい。シハラム様のため、誠心誠意働かせて頂きます」

無表情に見えて、シハラムを前にすると、頬が自然と赤くなる娘である。

そんな光景を微笑ましく見るユーフォリアは促す。

「とりあえず、ヴィクトワール。弟に今夜の寝室をあてがってあげてください」

「はい。こちらです」

静かに控えていた司祭は、尊敬する上司の弟を導いた。

※

「ユーフォリア大司教から、シハラム様のお世話をして差し上げるように申しつかっております から……」

ユーフォリアとの会食が終わり、朱雀神殿の客間でくつろいでいると、ヴィクトワールがやってきて風呂場に導いてくれた。

普段は大勢の修道女が利用しているのだろう。広い浴場だ。

ほの暗い作りは、寺院の中の施設として、神秘的な雰囲気を意図的に演出しているのを感じる。

さながら、湖のような広々とした湯船に浸かっていると、脱衣所の前で待っていると思われたヴィクトワールが思いつめた表情で入ってきた。

困惑するシハラムに、目を伏せたままヴィクトワールは理由を説明する。

「はい。殿方が神殿にお泊まりになるとき、そのお背中をお流しするのは慣例でございます」

「そ、そうなのか？」

慣例と言われたら、そう無下にもできない。

郷に入っては郷に従え、朱雀神殿に泊まるのだから、朱雀神殿の慣例に従うべきだろう。

「それじゃお願いしよう」

手ぬぐいで軽く股間を隠しながら、湯船から出ると、洗い場に用意されていた木の椅子に腰を下ろす。

その背後にヴィクトワールは立った。

「では、お背中をお流しします」

泡立てた手ぬぐいで、背中をゴシゴシと洗われる。

「ふぅ……、ふぅ……」

それなりに重労働だからであろう。耳元に鼻息がかかる。

荘厳な神殿の中であるせいか、空気が重く感じた。

ふいに指先で肩のラインを撫で回しながら、ヴィクトワールが口を開く。

「広いお背中です。この背にバロムリスト王国の未来がかかっているのですね」

「そうプレッシャーをかけないでくれ」

「はい。失礼しました。寺院にいるときは、世俗のことは忘れてゆっくりとくつろいでください。そのための施設なのですから」

再びヴィクトワールは黙々と背中を洗いだした。

今度はシハラムから口を開く。

「キミが朱雀神殿に入って三年、いや四年の歳月が流れたか？」

「はい」

時が経つのは早い。

セルベリア王国が滅亡し、ヴィクトワールがバロムリスト王国に滞在していたのはわずか一年余りだ。

しかし、武勇を切磋琢磨できる相手と過ごした期間であり、シハラムにとっては青春の思い出といっていい日々であった。

「わずか四年でいろいろなことが変わったな。アーゼルハイトは女王になり、キミは司祭になる。そして、ベルンハルトは遠い国の国王様だ」

「はい」

静かに頷くヴィクトワールに、シハラムは冗談めかした声をかけた。

「司祭なんてやめて、オレアンダー王国とやらに行ったらどうだ。昔の誼《よしみ》だ。ベルンハルトは温かくキミを迎えてくれるよ」

「わたくしとはもはや生きる世界の違う方ですから……」

静かに、しかし、断固とした口調でヴィクトワールは拒絶した。

その剣幕に気づいたシハラムはいささか反省する。

「朱雀神殿の巫女になった身には余計なことだったか……」

その言い分に、ヴィクトワールはカチンときたようだ。いささか聖女様らしくない感情的な声を上げる。

「シハラム様は勘違いしています。わたくしは別に、ベルンハルト様のことが好きだった訳ではありません！」

驚いて肩越しに振り返ると、顔を真っ赤にしたヴィクトワールは、両目から滂沱《ぼうだ》の涙を流していた。

「わたくしが好きだったのは、シハラム様です。今も昔も。シハラム様に会いたくて、ベルンハルト様について回っていたのです」

「そ、そうか……」

なんとなく気まずい。

どう応えていいか困ったシハラムは、見なかったことにして顔を前に戻す。

背中にヴィクトワールの頭が押しつけられたようだ。

「シハラム様は、昔からわたくしの気持ちに気づいていて、あえて無視しておられますよね」

「……」

シハラムは押し黙った。

ここまで真っ直ぐに感情をぶつけられると、言い訳できない。よって沈黙するしか手がなかった。

すると、ヴィクトワールは両手を腋の下から回して、逸物を鷲掴みにしてきた。

「っ！」

逸物が、織手の中でたちまち大きくなってしまった。

それをヴィクトワールは愛しげに撫で回す。

「大きい。温かい。それにガチガチ。これでさぞや大勢の美姫の方々を泣かせているのでしょうね」

「こらこら、朱雀神殿の司祭ともあろうお方が、そのようなところに興味を持っていいのか？」

シハラムが窘《たしな》めると、ヴィクトワールは拗ねたように応じる。

「確かにこの身は神に捧げました。しかし、朱雀神は男にまったく触れてはいけない、というほどに無慈悲な神ではありません。それにわたくしは知っているんですよ。……シハラム様のご乱行を」

朱雀神殿には大きく分けて二つの顔がある。

一つは、ユーフォリアやヴィクトワールのように若くして出家して、教養を身につけることを目的としたもの。そのまま寺院の中でエリートコースを歩んでいく場合もあるが、途中で還俗して、良家の子女として嫁ぐ方が圧倒的に多い。

もう一つは、王侯貴族の貴婦人たちが、夫と死に別れたり、離婚したりして、この世を儚《はかな》んだり、絶望して、出家したものである。

この後者のタイプの女たち、その中でも若くして出家した未亡人たちに、貞操感覚はないに等しい。

なまじ男の味を知っていながら、熟れた肉体を持て余しているのだ。しかも、将来への

展望もない、という怖いものなしだ。オナニー感覚で若い男を貪り尽くす。

シハラムもまた、幼少のみぎり、姉に会いに来たところを、飢えた未亡人シスターたちに捕まって、逆輪姦された体験がある。

おかげで女に夢も希望も持てなくなってしまった。

つまり、浮いた噂のないシハラムの秘密がこれである。

普段忙しくて、恋愛ゲームなどする暇のない彼だが、性欲を持て余したとき、気楽に未亡人シスターで発散していたのだ。

お互い恋愛感情などまるでない、オナニー感覚のセックスである。

「知っていたのか？」

「はい。シハラム様は、朱雀神殿のガラテイア寺院における巫女たちの共有アダルトグッズとして有名です」

同じ寺院にいれば、耳に入ったとしても不思議ではない。

ばつが悪く感じたシハラムは、頭を掻く。

ヴィクトワールはポツリと呟いた。

「このようなことを言うのは告げ口をするようで気が引けるのですが、ユーフォリア大司教をあまり信用なされない方がいいと思います」

「……何が言いたい？」

いくら昔馴染みの少女であっても、姉のことを悪く言われるのは気分のいい話ではない。

自然と、シハラムの声は厳しくなる。

「ユーフォリア大司教は、ドモス王国のヒルクルス将軍と通じています」

「強者に靡くのは政治判断として間違いではない。朱雀神殿の幹部として、ドモス王国の西国の責任者と昵懇《じっこん》なのは悪いことではないだろう」

シハラムの応えに、ヴィクトワールは頭を振った。

「より生々しいことです。古来、公然の秘密として、若い尼僧というのは、ひそかに王侯貴族の愛人を務めるものです。朱雀神殿ではそれを聖婚という形で制度化しているのです。ユーフォリア様はヒルクルスとひそかに聖婚を結んでいるのです」

「っ!?　……なるほど。そっか、姉上にそういう男がいたか……」

自分のせいで姉を出家させてしまい、女としての幸せを奪ってしまった、という自覚のあるシハラムはいささか安堵したような、それでいて神聖な姉を汚されたような複雑な気持ちになった。

「ですから、わたくしがユーフォリア様を監視します」

「そ、そうだな、頼む」

「その見返りといってはなんなのですが……わたくしをシハラム様の女にしてください」

逸物から手を離したヴィクトワールは、背後で衣擦れの音がする。振り返ればヴィクトワールは僧衣の胸元を開いた。

陽の光を浴びたことがないのではないかと思えるほど青白い肌の上に、白い二つの乳房がまろび出ている。

アーゼルハイト、レジェンダには及ばないが、痩身のわりにはよく育った魅惑的な果実だ。

いかにも聖女様といった清純な顔立ちだけに、ギャップが男の脳裏を痺れさせる。

「キミは未亡人の巫女たちとは違うだろ。世捨て人として、朱雀神殿に入ったのではない。セルベリア王国のために散っていった兵士たちの菩提を弔い、朱雀神殿の聖女として出世していく身だ」

ヴィクトワールは、セルベリア王国の国王ジューザスの娘である。世を儚んで出家した巫女たちとは、立場が違う。

ユーフォリアと同じように、ゆくゆくは朱雀神殿を背負って立つ聖女となる存在だ。

「そうですね。ですから、シハラム様がわたくしを抱いてくださらなかったら、今レイプされそうになった、と叫びます。そうなったらシハラム様だけではなく、ユーフォリア様も困ったことになると思います」

「それって卑怯ではないかな?」

呆れるシハラムに、生乳を晒した聖女様は、顔を真っ赤にしながら訴える。

「どうしても、わたくしの処女をもらっていただけないというのでしたら、せめてアナルでお願いします」

「アナル?」

戸惑うシハラムに、ヴィクトワールは涙目になりながら訴える。

「確かに朱雀神殿の尼僧は、聖婚した相手としか姦通を許されません。しかし、何事にも例外はございます。アナルなら、構わぬと聞き及びます」

「アナルセックスか？」

困惑するシハラムに、ヴィクトワールは必死に訴える。

「はい。わたくしは多くを望みません。シハラム様がときたま朱雀神殿にいらしたときに少しだけ一緒にいさせていただき、温もりを感じられれば満足なのです……」

親と国家の都合で、女としての幸せを、幼少の頃に捨てさせられた女である。

そんな女の健気な願いに、シハラムとしても心打たれるものがあった。ためらいがちに口を開く。

「アナルセックスでいいなら、その……しようか？」

「はい。ありがとうございます」

歓喜するヴィクトワールを抱き寄せて、シハラムは唇を奪った。

「うぷっ」

柔らかい唇の感触を楽しんだのち、舌を出して唇を舐めた。肉門を割って前歯を舐め、さらに舌を入れる。

ヴィクトワールも積極的に舌を差し出してきたので、絡めあう。

「うむ、うむ、うむ……」

初めてだからだろう。ヴィクトワールの接吻はぎこちないが、情熱は感じる。

舌を夢中に絡ませあいながら、シハラムの方は両手で伸ばすと、痩身のわりに大きな乳房を両の手のひらに包んだ。

若々しい乳房がしっとりと手に吸いつく。

それを優しく揉み込む。

左右の指先で、頂《いただき》を飾る突起を捏ね回していると、堅くシコってくるのがわかった。

それをさらに親指と人差し指の腹で抓み、キュッキュッと左右にシゴキ上げる。

「ううぅ……」

恍惚となったヴィクトワールの口元から、止め処なく涎が溢れて、顎を汚し、胸元にまで垂れた。

清純派の巫女様の唇と舌を存分に陵辱したシハラムは唇を離す。

「ぷはぁぁぁ!!!」

接吻を終えるとヴィクトワールは、盛大に空気を貪った。

どうやら、まともに呼吸をしていなかったらしい。

シハラムは接吻を、細い顎に流し、さらに首筋を舐め降りて、さらに乳房に達する。

「綺麗なおっぱいだ。まさに禁断の果実だね。この赤い実を食べた鳥は、羽根が赤くなりそうだな」

「ああ……、シハラム様に差し上げます。この身も心もすべて……」

焦らされていると感じたのか、両手でシハラムの頭を抱いたヴィクトワールはのけぞった。

「では、身体が赤くなるかどうか試してみよう」

シハラムはまずは右の乳首に吸いついた。

チュー……。

「あぁ……す、凄い。ち、乳首を吸われるのって、ああ、シハラム様に吸っていただけて幸せです♪」

男の頭を抱いて、乳房を差し出す巫女は、さながら聖母のように目を細める。

乳首を吸われるというのは、女に根源的な幸福感を与える体験なのだろう。

シハラムは遠慮なく、左右の乳首を交互に吸って楽しんだ。

清純派な顔立ちとは裏腹に、身体は今が旬の牝であった。感度は素晴らしくいい。

「ああ、シハラム様に、おっぱいを吸われている。そんなに強く、ああ、夢みたい。淫夢に囚われてしまったかのよう……。ああ、夢なら覚めずに、永遠にたゆたっていたい♪」

乳房に対する刺激だけで、ヴィクトワールには十分すぎる快感だったようだ。

もうすっかり惚けてしまっている。

一通り乳首を吸って満足したシハラムは、乳房から一旦顔を離す。

「これで、満足したかい？」

「いえ、まだです。シハラム様、今度はこちらを……」

木椅子に座るシハラムの前で、清純派で知られた尼僧は、発情しきった表情で自らの赤い修道服の内にある白いワンピース状のスカートをまくり上げる。

生白く、細く長い生足が晒されて、その最奥には赤いショーツが鎮座していた。

「結構派手な下着だね」

「そ、それは……その、神殿のお洒落は下着にしかできませんから……」

ちょうどシハラムの鼻先に、ショーツがあり、その布地の表面が濡れている。

「まったく、赤い鳥はキミの方だったようだな」

「シハラムという名の狩人に射られたい鳥ですわ。信者の皆さんの前ではこんなことしません。シハラム様が特別なんです」

覚悟を決めたシハラムは両手をショーツの左右にかけると、ゆっくりと引きずり下ろす。

「ああ……」

ヴィクトワールは羞恥の悲鳴を漏らしたが、逃げようとはしなかった。

ショーツの裏地と、ヴィクトワールの股間の間で、ヌラーと透明な液体が長く糸を引く。

陰毛はふわふわとしていて、頭髪と同じこげ茶色だった。

シハラムの鼻先にむっとした牝の匂いが薫る。

ショーツは足首まで引き下ろして、両足を交互に上げさせて脱がす。それを懐にしまってから改めて、若き聖女の股間を覗き込む。

ヴィクトワールは反射的に膝を閉じようとしたが、シハラムは許さなかった。

両足の間に強引に膝を入れると、左右に開く。

「ああ……」

蟹股開きで立たされたヴィクトワールは、両手でぎゅっと修道衣の裾を握り締めて耐えた。

シハラムの方は両手を伸ばすと、柔らかい陰毛を掻き分けて、その奥の肉裂に指をかける。

中からかなりの量の液体が溢れており、内腿を濡れ光らせていた。

メラリっと、亀裂を左右に豪快に開く。

トロトロトロ……。

中に溜まっていた液体が、滝となって落ちた。

「あぁ……」

清楚な乙女の口元から、被虐の溜息が漏れる。

「こんなに濡らして、この赤い鳥はいやらしいな」

「も、申し訳ありません。でも、シハラム様にすべて見せていると思うと……ああ♪」

露出の喜びというやつであろう。禁忌であればあるほどに、興奮は激しく聖女の肉体を蝕んでいるようだ。

「まだすべてではないよ。すべてとはこういうことをいうんだ」

露悪的に笑ったシハラムは、両手の親指を膣孔の左右に添えると、そこまでも容赦なく開いてみせた。

「ひぃ……」

羞恥の悲鳴とともに、中から大量の蜜が溢れ出し、それがなくなると、薄いピンク色の処女膜があらわとなった。中央に縦に裂けた穴がある。唇状処女膜だ。

「はぁ、はぁ、はぁ……」

おそらく自分でも見たことがないだろう。女の最深部まで視姦されてしまった聖女様は、荒々しく呼吸をしていたが、ふいにシハラムの見つめる鼻先で、包皮の中から淫核がみるみるうちに突起して、赤い嘴《くちばし》のような形状を晒す。

「はぅ……」

思わずそれを右手の人差し指で撫でる。

女の急所を捕らえられたヴィクトワールは、ブルリッと震えた。

「ここを自分で触れた経験は？」

「あ、ありません……」

「本当に？」

シハラムの念押しに、ヴィクトワールは言いよどみながらも告白した。

「そ、その……神殿では、百合といいますか、レズといいますか、同性愛の習慣を持つ方が多くて、わたくしも何度か先輩にやられてしまったことがございます」

「だからこんなに大きいんだね。この小鳥のクリトリスは」

露悪的に笑ったシハラムは、ヴィクトワールの小さな尻を抱き寄せると、剥きだしの陰核にしゃぶりついた。

「あ、そこは⁉　……ひぃ！」

驚いたヴィクトワールは反射的に腰を引いて逃げようとしたが、シハラムは逃がさない。

淫核を吸引しつつ、両手で小さな尻朶を捕らえると、強く掴んだ。

しかも、左右に豪快に開き、肛門を露出させてやると、そこに左右から中指を添えた。

「ああ、らめぇ、そこは……」

肛門を弄られたヴィクトワールは必死に逃げようとする。それを一旦淫核から口を離したシハラムが窘める。

「アナルに入れて欲しいんだろ。なら柔らかくしないとな」

「は、はい……」

アナルセックスする、という約束である。それを思い出したヴィクトワールは大人しくなった。

それを見て取ったシハラムは再び淫核を口に含み舌で転がしながら、ヴィクトワールの肛門の皺をマッサージする。

「ああ……も、もうダメ……立っていられません……」

断末魔の悲鳴を上げたヴィクトワールは膝から崩れる。シハラムの両膝を跨いだ形で座り込む。

当然、いきり立つ男の象徴が、女の白い下腹部にあたった。

それと気づいたヴィクトワールは、意地悪な男に懇願する。

「こ、この……お、お大事を入れてください。わたくしは身も心も、シハラム様に捧げたいのです」

「……仕方ないな」

年若い聖女の必死の懇願を聞いてシハラムは、その細い腰を左右から抱いて持ち上げると、いきり立つ逸物の切っ先を、濡れそぼつ膣孔に添える。

「あ……」

ヌル……。

亀頭部が軽く埋まった。先端に柔らかい障害物がある。

(これがさっき見た処女膜だな)

赤面したヴィクトワールは身を固くしているだけで、逃げようとはしない。それどころか緊張の中にも期待の表情でシハラムを窺っている。

トクン！　トクン！　トクン！

彼女の高鳴る鼓動が、処女膜を通じて、逸物から伝わってくるかのようだ。

(トロットロだ。まさに入れごろ、食べごろ、犯しごろ、というやつだな。このまま入れても彼女は怒らないだろうな。いや、入れて欲しいのだろうな)

この若き聖女ヴィクトワールのことを好きか嫌いかと聞かれれば、好ましく思う。

昔、ベルンハルトとつるんでいた頃、よく混じってきた彼女のことを、親しい友人という感覚を持っていた。

彼女がここまで自分のことを一途に思っていてくれた、というのは予想外だったが、悪い気持ちはしない。

このまま彼女の処女を奪ってしまえば、貞淑を重んじる朱雀神殿の巫女としては破門されることになるかもしれないが、そのときはシハラムが責任を持って自分の正室なり、側室にでもしてしまえばいい。

なんだかんだいって、大国バロムリストの筆頭家臣である。

愛人の一人や二人を囲うことぐらいなんでもない。

（しかし、ダメだな。俺には彼女の人生を背負う資格がない）

このままいくとドモス王国との戦争は必至である。

勝てばよし。万が一、負けたときは、軍の最高責任者として自分の首級を差し出すことで、収拾を図る。

それがシハラムの考えているシナリオであった。

（そうなったら、還俗したヴィクトワールは路頭に迷ってしまうことになる）

幼少の頃、自分の意思とは関係なく謀叛の首謀者とされ、多くの人を殺してしまった。

そして、自分だけがのうのうと生きている。

生かしてくれたドレークハイトに恩義を感じながらも、自責の念を覚えずにはいられないシハラムは、常に死に所というものを考えていた。

姉を朱雀神殿に追いやったからには、自分もまた結婚をすべきではないのかもしれない。そんな思いすら持つ身には、目の前の魅惑的な果実はあまりにも眩しすぎた。

「ふっ」

自嘲の笑みを浮かべたシハラムは、膣孔の入り口から逸物を抜く。

「あっ、そんな……」

ヴィクトワールの失望の呟きを聞きながらも、逸物の切っ先を菊華に添える。そして、ヴィクトワールの左右の腰を掴むと、押し込んだ。

「あぁぁぁぁ!!!」

処女を奪われたかった聖女様の目が絶望に大きく開かれて、大粒の涙が溢れる。

ズブズブズブ……。

自重もあって、逸物は勢いよく聖女の直腸に呑み込まれていった。

とりあえず、入れられるところまで入れたところで止まる。

「はぁ〜、はぁ〜、はぁ〜」

大きく呼吸をしたヴィクトワールが恨みがましく睨んでくる。

「ひ、酷い。どうしても、わたくしを犯してはくださらないのですね」

「アナルセックスだという約束だったろ」

澄ましたシハラムの返事に、頬を引き攣らせながらもヴィクトワールは頷く。

「は、はい。たとえアナルでも、シハラム様のお大事を入れてもらえて幸せです。そう、わたくしなど、所詮、アナルがお似合いの女です。はぁ～」

ヴィクトワールは自棄《やけ》を起こしたように、自ら強引に腰を上下させた。

アナルセックスは初めてでも、膣孔のように処女膜がある訳ではないので、耐えられない激痛ということもないようだ。

ズリズリ。

肛門の入り口。括約筋が強く逸物の肉幹を扱く。

「は、恥ずかしい。アナルに入れられるなど、畜生に劣る扱い。で、ですが……外道ゆえに許される巫女の喜び、あぁ……恥ずかしいのに、シハラム様のお大事を入れていただいているのかと思うと、えもいわれぬ心地になります。これが聖女の悲哀なのですね」

セルベリア王国の王女にして、朱雀神殿の司祭。姉の腹心の部下。そんな女性が全身から滝のような汗を流しながら、蟹股開きになり、腰を上下させている。

シハラムは彼女の背中を抱くと、乳首を吸い上げた。

「はぁぁぁぁぁ!!!　気持ちいい、気持ちいいです」

神秘的な演出のなされた薄暗い風呂場に、肛虐に涙する聖女の歓喜の悲鳴が響きわたる。

(いくら、アナルとはいえ、やってしまったことが、姉上にバレたら激怒されるだろうな？)

美しく気高く聡明。同時に性的なことに潔癖そうなユーフォリアは、部下のこの手のスキャンダルを許しそうにない。

とはいえ、その背徳感ゆえに男は昂《たかぶ》ってしまう。

「ヴィクトワール、そろそろいくぞ」

「は、はい。わたくしの中に！　肛門でも構いません！　シハラム様の子種でわたくしの中を満たしてください！」

処女なのに、アナルを掘られてしまったうら若き聖女は、せめてもの情けを懇願した。

「くっ」

呻き声とともに、非情なる男は射精した。

ドビュッ！　ドビュッ！　ドビュッ！

神聖にして不可侵なる乙女の直腸に向かって、男の獣欲が注ぎ込まれていく。

「あ、熱い……」

ヴィクトワールは身を固くして耐えていたが、やがてすべてを吐き出した逸物は、小さくなり抜け落ちる。

ブルッ！

小さく震えたヴィクトワールの顔から、みるみるうちに血の気が引いていく。

「どうした？」

「も、申し訳ありません。シハラム様、少々用事ができましたので、御暇をください」

「せわしないな。もう少し余韻を楽しんでいけよ」

シハラムは、ヴィクトワールの身体を強く抱き締める。

「わ、わたくしも、一秒でも長くシハラム様の側にいたいのですが、しかし！」

目を強く閉じたヴィクトワールは必死に耐えているようだ。

何に耐えているか、シハラムは予想がついた。

肛門内部に射精されたのだ。いわば浣腸されてしまったようなものである。

強烈な便意が襲ってきて、それを必死に耐えているのだろう。

（へぇ〜、羞恥に震えて耐える表情というのは、なかなかエロいな）

聖女といえども中身は乙女。好きな男の前で脱糞などできない。必死に生理的な欲求と戦っているヴィクトワールの表情を、シハラムは至近距離から観察する。

「あぁ、お許しください……」

絶望の声とともに、きつく閉じられていた菊華から、ドロリと白い液体が溢れた。

と同時に、ブシャーッと大量の熱い液体が、シハラムの太腿にかかった。

どうやら、失禁までしてしまったようだ。

肛門と膣孔は8の字の筋肉で繋がっている。肛門が緩むと、膣孔及び尿道口まで緩んでしまうのだ。

「あぁ……」

絶望の表情で身を固くしているヴィクトワールの可愛さに、シハラムは心がときめいてしまった。

その唇を強く奪ったあとで宣言する。

「これでヴィクトワールのアナルは、俺のものだな。これからもたびたび使わせてもらうよ」

羞恥に死にそうになりながらも、その言葉が嬉しかったか、顔を輝かせたヴィクトワールは、シハラムの胸に顔を埋める。

「朱雀神殿の裏門は、シハラム様のためにいつでも開けておきます。御用の際にはいつでも遠慮なくお立ち寄りください」

裏門。つまり、肛門を使ってくれ、という暗喩であろう。

虫も殺さないような清楚可憐な顔をした修道女でありながら、肛門は使い放題だというのだから、なんともエグイ話である。

とはいえ、二人とも一発だけで満足できなかった。その後、シハラムに与えられた客室に入ると、一晩かけて、じっくりと楽しんだ。

※

「シハラム閣下！　シハラム閣下にお取次願いたい！　至急の要件である！」

早朝、膣孔以外のすべての部分を汚されたヴィクトワールを、シハラムが抱き締めて安眠を貪っているところに、大聖堂から無粋な叫び声が聞こえてきた。

「レジェンダ姫、そのようななりで困ります」

朱雀神殿の巫女たちと、レジェンダが何やら言い争いをしているようだ。

その声を聞いたシハラムは、ヴィクトワールを残して部屋を出ると、大聖堂を二階から見下ろす。

「何事だ？」

「あ、シハラム閣下っ、やはりこちらでしたか！」

直属の上司の姿を見つけたレジェンダは、取りつく巫女たちを押しのけながら叫ぶ。

「フルセンの水軍が、大挙して出陣。どうやら、目的はザウルステール港とのことです。至急、ご参内ください」

第三章　ザウルステール沖の海戦

「霧が凄いですね」

早朝、ザウルステール港は乳白色の霧に包まれていた。

この港は、バロムリスト王国の領土にあるが、フレイア王国に貸し出されていた商港である。

フレイア王国が消滅した今、バロムリスト王国が再び管理するのが当然だが、ドモス王国への対応に気を取られており、すっかり失念していた。

そこにフルセン王国の船団が集められているとの情報を受けて、シハラムは急遽、ザウルステール入りをした。

ちゃっかり副官面してついてきたレジェンダが感嘆の声を上げる。

「ああ、フルセンの盗賊王は、小細工が好きだというからな。この霧を好機と見て仕掛けてくるだろう」

バロムリスト水軍の旗艦『ヴァージンクイーン』の船上でのことである。

当然ながら船名は、新女王の即位とほぼ同じ時期に進水式を迎えたことを記念して付けられた。

その名に恥じない優美な船体をしているのだが、由来となった本人が知ったら、発狂して沈没しろ、と神に祈りそうである。

「敵はどのくらいくるんですか？」

「大型の軍船三隻。中型船が八隻。小船が八十隻といったところだ」

船ごとに大きさは微妙に違うが、一般的に、大型船というのは軍船だ。兵員は三百人。中型船というのは商船を一時的に加工したものが多い、兵員は百人ぐらい。小型船というのは漁師たちの船を接収したもので、乗員は十人ぐらいと考えられる。

約二千五百人程度の兵力を送ってきたと考えていいだろう。

西方半島の覇者たるフルセン軍がその気になれば、万余の兵を動かせるが、海戦をするための兵員となれば、この程度なのだろう。

ちなみに千人乗り込める船は、超大型船という。

太古の昔、作られたことがあり、今でもバロムリスト王国になら、作る技術はあるのだが、作る意味がない。

維持費も大変だし、使い道がないのだ。

「こちらも同じぐらいですよね。バロムリスト王国は海洋国家だから、もっと水軍があるのかと思っていました」

「ふふ、今は陸軍に人を回しているからね。少数で撃退できる敵に、無駄な経費は使いたくないんだ」

シハラムの意見に、レジェンダは小首を傾げる。

「フルセン国王エルフィンは軍事の天才と言われていますわ。あまり舐めない方がいいと思いますけど……」

「ご忠告は痛み入ります。しかし、海洋国家バロムリスト王国の底力の方こそ、舐めないで欲しいですね。姫様」

　異国の姫に対して、シハラムは自信を覗かせる。

「フルセン国王エルフィンというのは、若い頃から連戦連勝して今の地位を築いた。しかし、その戦歴に海戦はない」

「そのようですね」

　レジェンダは軽く相槌を打つ。

「よってフルセン海軍の中心はアテナ領主ということになろう」

「確かエルフィンの母親の実家ですね」

　レジェンダも敵の情報ぐらいは調べているようだ。

「フルセンでは名門扱いされているようだが、実質は海賊みたいな連中だよ」

「どういうこと？」

　戸惑うレジェンダに、シハラムは丁寧に説明してやる。

「かつてのアテナ領主というのは、フルセン王国に王妃を出すくらいの有力豪族であったものの、そのフルセン王国は一度セルベリア王国に滅ぼされた。当然、フルセン王国に近いアテネ家は、冷や飯食いとなった訳だ。まともにやっても稼げぬと判断したのだろうね。

海洋商人たちを多数抱えて貿易をした。それだけならよかったのだが、セルベリア国内が荒れて統制が緩んでくると、武装して海賊行為を行うようになった」

西海航路の番人としては、捨て置けない一族ということだろう。

バロムリスト水軍は一度ならず煮え湯を飲まされている。

「中でもエリザベートという姫君は、鬼姫と呼ばれるほどに大暴れしていたようだが、今ではフルセン王国譜代家臣ロックス家に嫁いでしまったとか。その弟も勇敢だそうだが、姉ほどのカリスマはないらしい」

「なるほど。そのエリザベートって女が現役だったら、あたしが討ち取ってあげたのに」

残念そうな顔をするレジェンダを、シハラムは窘める。

「そう殺気立った顔をしないでくれ。もしものことがあったら、あなたの部下たちに俺が殺されてしまう。あ、そうだ。暇だったら、一つ踊ってもらえないか。姫の踊りを見れば、兵士たちの士気も高まるだろう」

「え、ええ、まぁ、踊りは得意ですけど……」

戦いの前に不謹慎ではないか、と心配しているようだ。

「準備は整っている。細工は流流仕上げを御覧じろってやつだ」

シハラムに促されたレジェンダは、覚悟を決めて艦橋の高台に登った。

「バロムリスト王国の勇敢なる水兵のみなさ～ん♪　勝利を祈願して踊りま～す♪」

ヴァージンクイーンにいた水夫たちは、口笛を吹いたり、手拍子をつけたりして場を盛り上げる。

　フルセン王国の大軍隊を待ちわびる緊張の一時、迎撃するバロムリスト王国軍の旗艦は、場違いな空気に包まれる。

「適度に鍛えられた長い足。弾力と柔らかさを感じさせる太腿に、引き締まった足首。あの姉ちゃんのオマ〇コは締まるぞ。くぅ〜やりてぇ〜」

　など不敬極まる感想を口にする水夫たちもいる。

　シハラムが苦笑していると、偵察船から報告があった。

「見えました。フルセンの軍船です」

「左様か」

　さすがに目視できる位置まで敵が来ているのに、双六遊びをしている訳にはいかない。

　兵士たちは持ち場に戻り、レジェンダも戻ってきた。

「さて、フルセン国王エルフィンは、陸上では軍事の天才と言われているらしいが、海上でも同じ具合にいくかな？」

　敵の大船団を前に、シハラムは他人事のように嘯《うそぶ》く。

　やがて、霧を割いて、巨大な船が次々と、ザウルステールの湾内に突入してきた。

「敵、小船を十隻余り出してきます。どうやら、藁を大量に積んでいるようです」

　物見の兵が叫ぶ。

「なるほど、火攻めか。海戦のことを研究してきたな。古来、水と火は相性がいい。平凡な策だが、それだけに効果的だ」

感心してみせるシハラムを、レジェンダが窘める。

「そんな悠長に構えていてどうするんですか。早く鎮めないとこっちの船が燃えてしまいますよ」

「そうだな。砲撃を始め。目標は小船だ。沈めてしまえ！」

シハラムの指示に従って、バロムリスト王国の水兵は完璧に動いた。

さすがは西海航路の番人を自認する海軍だ。正確無比な射撃によって、魔法の火の球がいくつも、小船に浴びせられる。

元々可燃物が満載されているのだ。あっという間に燃え上がる。

敵の計略である小船は一つたりとも、バロムリストの船に近づくことなく、沈むかに思われた。

次の瞬間である。

ドドドドドン!!!

小舟が破裂した。

いや、火の壁ができた。

「おおっ!?」

敵の船を燃やし沈めようとしたのだが、その炎の上がり方は、予想を超えた。

シハラムも、一瞬、度肝を抜かれる。

「さすがは噂の戦争の天才殿。ただの火攻めではなかったか」

どうやら、初めから撃沈するのを見越して、海に油のようなものを流していたのだろう。

普通、水面に油を浮かべただけでは、それほど勢いのよい炎にはならないのだが、海風に煽られて酸素が大量に行きわたるようで、実によく燃えている。

狭い湾内が火の海だ。

まごまごしていると、バロムリスト水軍はまともに戦うことなく、湾内でクロコゲということになりかねない。

「まったく、西方半島というのは、貧乏だと聞くが、盗賊王殿はケチではないな」

「だから、なんでそんなに余裕なんですか？」

レジェンダは信じられないと言いたげに叫ぶ。シハラムは肩を竦めた。

「いやいや、この炎はまずいね。出来たらもう少し引きつけたかったのだが……」

そう言っているうちに、炎で海上の霧がどんどん流されていく。

そして、霧がなくなったとき、視界が開ける。

湾外には大船団が遊弋していた。

「っ⁉」

その数、優に百隻を超える。

「やれやれ、バレてしまったな」

シハラム頭を掻く。

いかに西海航路の番人を自認するバロムリスト王国といえども、これほどの大船団はない。

まして、現在、ドモス王国に備えて北のフレイア国境に主力を展開しているバロムリストに、これだけの兵力を海に割く余裕があるはずがない。

「くっくっくっ、どうやら盗賊王殿は動揺しているようだな」

「そりゃ、動揺するでしょう」

レジェンダも驚愕に目を見開きながら応じる。

湾外に停泊していた船たちの掲げる軍旗は様々だ。シェルファニール王国、ニーデンベルグ王国といった西海航路に面した主要な国々はもちろん、翡翠海のエトルリア王国、ローランス王国、カルロッタ王国といった国々の軍旗まであった。

シハラムは意図的に、少ない兵力しかザウルステールに派遣しない、という情報を流し、敵の油断を誘い、五分の勝負をすると思わせておいた。

しかし、その実態はこれである。

シハラムは初めから戦術勝負をしようなどという気はさらさらなかったのだ。

「辺境の蛮族どもは度し難い。我らは西海航路の番人。海は遠く、翡翠海にまで通じていることがわかっておらぬ」

バロムリストは海洋国家である。西海航路から東に進んで、運河をさかのぼって、ラルフィント王国の都ゴットリープに至る海路は、定番コースだ。

当然、その道程にある国々とは交易を行い、利益を分けあっているのだから、友好関係を築いている。

フルセン王国は、火事場泥棒的にちょっかいを出したつもりなのだろうが、バロムリスト王国に手を出すということは、これら広大な海の国々をすべて敵に回すのだ、という予想がついていなかったのだろう。

いや、予想はできたかもしれないが、ここまで素早く動く国があるとは考えていなかったのだ。

「フルセン軍、転進します」

「ほぉ、もっと血気に逸《はや》った王だと聞いていたのだがな。もう尻に帆を立てて逃げ出したか」

「まぁ、的確な状況判断でしょう」

このままでは狭い湾内で、退路を断たれて全滅させられる。勝てないと見るや、躊躇なく転進するのは、良将の判断だろう。

レジェンダはあたしだってそうする、と言いたげに頷く。

実は湾外の船団の大半は商船である。商船といっても、海賊対策に武装しているから、それなりの戦力はあるが、軍船相手に戦いたくはないだろう。

シハラムとしても、彼らに戦いまでは依頼していなかった。あくまでも示威としてそこにいてもらったのだ。

戦うのはあくまでもバロムリスト軍である。

「逃がすな。追えっ！」

バロムリスト軍は、燃える海面にためらいなく船を進めた。

海は広大だ。そんなところに少々、可燃物を撒いたところで、すぐに拡散、燃え尽きてしまう。

船を燃え上がらせるほどの火力はなかなか出せないものだ。

バロムリストの船たちは、燃える海面を割って進む。

逃亡するフルセン船団の中で、軍船が一隻遅れた。いや、明らかに殿軍であろう。

「あれはアテネの船だな」

フルセン船団の中でも、明らかに練度に優れているようだ。

その一船は大胆にも、グルリと横っ腹を見せ、右から左に横断しながら、砲撃を加えてきた。

「小癪な。撃てっ」

バロムリスト軍のベテラン水兵たちが、巧みに反撃する。

しかし、船の武装は横腹の方が豊富だ。そして追いかけるには切っ先を向けねばならない。

俗にT字戦法というやつだ。

とはいえ、所詮一隻だ。バロムリストの船からは魔法や弓矢が雨霰と浴びせられる。

「こういうことをするのがアテネって訳だ」

噂に聞いていた海賊戦法に、シハラムは感嘆する。

しかし、圧倒的に有利な局面で、たった一隻に翻弄されるのは面白くない。

頭に血が上ったバロムリストの船たちは、飴にたかる蟻のように集まっていく。

それに対して、敵を十分に引きつけたところで、アテネの船は海中に何やら火薬のようなものを投じたらしい。

ドーン！　ドーン！　ドーン！

水柱が上がる。

バロムリスト船団への被害は皆無であったが、この小癪な攻撃に隊列は乱された。

「ちっ、巧妙だな」

さすがに幾度となくバロムリスト海軍に煮え湯を飲ませてきた一族である。

海水を浴びて、シハラムは思わず敵を称賛した。

「やだ～、びっちょり……」

砂漠のお姫様の衣装は、濡れることを想定していない作りなのだろう。海水を浴びてレジェンダの裸体に張りついてしまった。ただでさえセクシーな装いが、完全に猥褻物と化してしまっている。

「おお!!!」

ヴァージンクイーンの艦橋には、戦場にはそぐわない熱気が湧き上がった。

「キャッ、エッチ〜〜〜♪」

悲鳴を上げたレジェンダは、両手で自らの身体を抱く。

シハラムは思わず苦笑して、珍しく冗談を叫ぶ。

「ほれ、海の女神がお主らに、裸体をチラつかせているぞ。しっかり働け。カチコミをかけろ」

大船を外からの砲撃だけで沈めるとなると、大変な時間と火力が必要である。それよりは乗り込んでしまった方が早い。

「おお!!!」

下世話な鼓舞に士気を上げたヴァージンクイーンは、強引に小癪な敵の殿船に横付けすることに成功した。

「よし、よくやった。どうやら盗賊王の首級は取り逃がしたが、せめて、アテネ家の小僧の首級はもらうぞ」

アテネ家は、フルセン水軍の要だ。これを潰してしまえば、フルセン水軍の牙をもいだも同然である。

再び海からちょっかいをかけてくることは、当分、無理となるだろう。

両船の間に板を渡して、釘付けする。

その手際はさすがに、バロムリスト水軍の旗艦といったところだ。

とはいえ、敵もさる者。片っ端から、木槌や戦斧で、板を叩き割っていく。

船の大きさは、ヴァージンクイーンの方が大きい。よって、中の船員もヴァージンクイーンの方が多いだろう。しかも時間をかければ、さらなる接舷が行われることは必至である。

敵も死に物狂いだ。

矢と魔法の応酬の中、板が何枚も割られては海に消える。

ようやく板が一本渡されて、その狭い橋を巡って水夫同士の一騎打ちが行われた。

バロムリスト軍の水夫たちがバッタバッタと海に叩き落とされていく。

「鬼姫。アテネの鬼姫がいるぞ！」

どこからともなく、そんな声が聞こえてきた。

シハラムも、敵を確認する。

トマホークを持った女傑だ。

「あれが噂のエリザベート？　嫁いだんじゃなかったのか」

年のころは二十代の半ばか。情報によると四年前に結婚。人妻だという話だが、そのような様子は微塵も感じられない。

彼女の存在によって、フルセン軍の水夫たちの士気は上がり、逆にバロムリスト軍の水夫たちの士気は下がった。

（ちっ、やっかいだな。どうしてくれよう？）

とシハラムが思案したところに、後ろから声がかかった。

「シハラム様、あたしいきま～す！」

何事かと振り向くと、なんとレジェンダが、左手にロープを持って、艦橋から飛び降りた。

シャン！

青い海に銀光が煌く。

カ～ン！

乾いた音が、海に広がる。

「へぇ、わたしとやろうってのかい」

トマホークを構えた女傑が険呑に応じる。

「フルセン王国の筆頭家老ロクトが妻、エリザベート殿とお見受けする。わたくしはフレイア王国が元王女レジェンダ。シハラム様に恩ある身なれば、代わって一騎打ちを所望いたす」

「ふん、フレイアのお姫様ね。それじゃ、わたしの噂を聞いたことがなくても仕方ないか。アテネの鬼姫の噂をね」

「鬼嫁の間違いじゃないの。オバサン」

レジェンダの挑発に、エリザベートは怒りで髪を逆立てる。

「子供を産んだこともないような、小娘が吼えるな」

「この年増。少しは年を考えな」

狭い渡り板の上、互いに命綱を左手に持ちながら、右手に持った獲物を振るう。

カン！　カン！　カン！

シミターとトマホークが打ちあわされる。

刃物同士がぶつかりあい、つばぜりあいとなると、レジェンダの右足が跳ね上がり、エリザベートの後頭部を狙う。屈んで躱したエリザベートは、腹部に向かってトマホークを投げた。レジェンダは跳ね上がって躱す。敵は武器を失った。一方的な攻勢に出ようとしたレジェンダだが、ふっと相手の勝ち誇った顔に違和感を覚える。

「レジェンダ、後ろだ」

シハラムの叫びで、事態を悟ったレジェンダは板に腹這いになった。

その背後から舞い戻ってきたトマホークは、レジェンダの命綱を叩き切ってエリザベートの手に収まる。魔法で操作したのだろう。

今度はエリザベートが有利な立場だ。上からトマホークが振り下ろされる。

腹這いだったレジェンダは、身体のバネを見せつけるように跳ね上がり、バクテンしながら距離を取る。

二人のなんとも華やかな戦いぶりに、両陣営の水夫たちが、やんやと歓声を上げた。

美しい女傑同士の一騎打ち、否応なく盛り上がる。

(両軍とも真剣味が足りないな)

シハラムはいささか呆れる。

しかし、仕方がない側面はあった。

フルセン軍としては、ザウルステールを取れるなら取っておこう、という程度の目的で出陣してきたのだし、バロムリストにしても、ザウルステールは所詮、辺境の港だ。

今までフレイア王国に貸し出されていたこともあり、ここを取られたからといって、ただちに国家存亡に直結するはずもない。

「はぁ、はぁ、はぁ、処女臭い小娘のくせに意外とやるわね」

「はぁ、はぁ、はぁ、そっちこそ子持ちのオバサンのくせに、よく身体が動くわ」

そこにフルセン軍から、退き鐘が打ち鳴らされる。

「エリザベート！　もう十分だ。引け」

「くっ」

悔しげに呻いた女戦士は、姫騎士をひと睨みすると、戦斧を投げつけた。

カン！

先ほどの轍は踏まないと、レジェンダはシミターで弾き飛ばしたが、そのときにはエリザベートは背を向けて駆けていた。

「逃がすか！」

レジェンダは追いすがろうとしたが、シハラムが止めた。

「いい。帰ってこい！」

「でも」

「急げ。足場がなくなるぞ」

フレイアの船の方から、水夫たちが出て、斧や木槌で、渡し板を叩き壊している。

「えっ⁉」

さすがに驚いたレジェンダは、大急ぎで渡し板を駆けてくる。

フルセン船側で板が割れる。

レジェンダの身体が沈み、最後にジャンプ一番、シハラムの胸に飛び込んだ。

※

「ひゃっほ～♪　西方半島の田舎者どもに格の違いを見せつけてやったぜ」

フルセン水軍を撃滅したとはいえないが、尻尾を巻いて逃げたことは確かだ。フルセン水軍が再び、ザウルステール湾を狙ってくることはないだろう。

戦闘にこそ参加しなかったが、威圧という意味で協力してくれた海洋商人たちに感謝するために、ザウルステール湾では戦勝祝賀のパーティーが盛大に行われた。

とはいっても、辺境の港街に、万余の人々を一度に入れる水夫を入れるような宿はない。浜辺でのバーベキュー大会である。

ザウルステールの港はかつてないお祭り騒ぎとなった。

フレイア王国が滅亡してからというもの、暗い雰囲気に包まれていた同港としては、久しぶりに明るいニュースであろう。

盛大にかがり火が焚かれて、酒が振る舞われると、否応なく場は盛り上がり、また場を盛り上げるためにも、レジェンダは積極的に踊りまくった。

「エルフィンのやつは単に兵を引いただけ。本当の戦いはこれから」

そう忠告してくれたのは、翡翠海の英雄リカルドの参謀、ロゼという少女だった。

「肝に銘じておきます」

「しばらくはフルセンのことは、わたしたちが牽制してあげる。あなたはドモスへの対応に集中するといいわ」

小柄な体躯をした年齢不詳な少女は、言いたいことだけ言って、すっと席を離れてしまった。

入れ替わりにレジェンダがやってくる。いや、華やかな姫騎士が来るのが見えたから離れていったのだろう。

「ああ、気持ちよかった〜♪」

「お疲れさん。どうぞ」

彼女の存在で、パーティーは大いに盛り上がったといえるだろう。それに報いるためにも、シハラムはギヤマンに入った冷たい麦酒を手渡す。

遠慮なく受け取ったレジェンダは、喉を鳴らして一気に呷る。

「くぁ〜、美味しい。勝ち戦って最高ね♪」

祖国フレイアでは敗戦続きだったのだろう。レジェンダは実に嬉しそうだ。

その笑顔に、シハラムも釣られる。

「まったく、キミはお祭り女だな。とても王女様とは思えない」

「元王女様よ。今は庶民としての生活を満喫させてもらっているわ」

空になったグラスを、掲げて酔ったそぶりのレジェンダは、シハラムに肩を押しつけてくる。

「でも、これであたしもバロムリスト王国の一員として認めてもらえたかしら？」

「ああ、さながら勝利の女神のようにみな慕っているよ」

アーゼルハイトのようなお高くとまったお姫様とは違う。あけすけできさくな人柄に、バロムリストの海兵たちはみな魅せられてしまったようだ。

「うふ〜ん、それじゃ、ご褒美をちょうだい♪」

艶やかに笑ったレジェンダの両腕が、シハラムの首に回ってきた。柔らかい女の胸が、男の胸板にあたる。

「ちゃんと陛下にキミの活躍を報告するよ。必ずや報償が出るはずだ」

「そういうことではなくて、シハラム様に個人的なご褒美を頂きたいの」

半透明なベール越しの拗ねた顔を近づけてくる。

「個人的？」

「女の口からそれを言わせちゃうんだ。シハラム様って、かなりドSよね」

「いや、そんなつもりはないが……」

困惑するシハラムの鼻先で、レジェンダは悪戯っぽく肩を竦める。

「はいはい、わかりました。言います。シハラム様の命令なら、女としての恥じらいなんて捨てて、恥辱に震えながら言っちゃいます。あたしはシハラム様のお情けが欲しいの♪」

「……」

酢を飲んだような表情をするシハラムを前に、レジェンダは一人盛り上がる。

「キャッ♪　こんな台詞、フレイアにいた頃は絶対に口にできなかったわね。周りの者たちが卒倒しちゃうもの。この言い方じゃまだお上品に過ぎるかしら？　あたしはもうフレイアの王女じゃない。ただの庶民の女だしね。だから思い切って言わせてもらうわ。シハラム様の魔法の触媒よりも希少なザーメンを、あたしのオマ○コの中にたっぷりと注ぎ込んでくださ〜い♪」

そのもったいぶった言い回しといい、ぶりっこな態度といい、明らかに演技であろう。

踊りは一流でも、演者としては二流のようだ。

いささか頭痛を感じながら、シハラムは窘める。

「いや、あのですね。レジェンダ姫。庶民庶民といいますが、あなた様はバロムリスト国王の従姉なのですから、今でも王族の一員なのですよ」

「あはは♪　細かいことは気にしないの。身分なんてつまらないものよ。ここはただの男と女になりましょう。戦のあと、男はたまらなくなる、という話をよく聞くけど、女もたまらなくなるみたい。身体が凄い火照っているの」

くびれた腰を左右にゆすってみせるレジェンダは、自慢の乳房を男の胸で弾ませる。

「好きな男のおちんちんをぶち込まれたい。これは女として、いや牝としてごく自然な心理だと思うんだけどなぁ」

「ですから」

レジェンダが魅力的な女性であることを否定するつもりはない。しかし、身分の高い女性とは、そういう関係になりたくない、という思いのあるシハラムは、なんとか説得を試みる。

しかし、さすがはお姫様。聞く耳を持たない。

「そんなことより、周りを見て」

「ん？」

レジェンダの言葉に従って、あたりを窺う。

もはや、祭りも終わり、人影もない。いや、物陰に隠れてゴソゴソしている。

「ちょ、ちょっと、ブリギッド。こんなところで……」

「うふふ、ここにはサチもヒルデガルダもいないんだから、思いっきり楽しもうよ♪」

耳をそばだてれば男女の睦言が聞こえてくる。

何をしているかは確実だ。思わず赤面したシハラムが邪魔をしては悪いと立ち去ろうとするのを、レジェンダが止めた。

「ここで逃げたら、男がすたると思うんだけど」

「いや、しかし……」

しどろもどろになっているシハラムから一旦腕を離したレジェンダは、挑発的な笑みとともに乳当てを外してみせた。

ぷるんっと大きな双乳があらわとなる。

薄暗闇の中に褐色の肌が濡れ輝き、匂い立つようだ。赤い乳首が甘い飴細工のように見える。

「こら、こんなところではしたない」

窘めるシハラムに、上半身を裸にしたレジェンダは笑う。

「バロムリストの軍神様は、男の中の男だってことをみんなに見せてあげないと、ね♪」

舌舐めずりをしたレジェンダは、その場でしゃがみ込むと、シハラムのズボンから逸物を引っ張り出した。

「あはっ♪　さすがにでっかい」

「キミの奔放さには負けるよ」

シハラムもまた、戦勝に浮かれていたのかもしれない。美味しそうな果実の誘惑に負けてしまった。

「それじゃ、いただきま～す♪　チュッ」

口元を隠す半透明のベールを左手でめくったレジェンダは、右手で肉幹を持って亀頭部の先端に接吻した。

「うん、美味しい♪」

満足げな笑みを浮かべたレジェンダは唇を開き、ピンク色の舌を伸ばすと亀頭部をペロペロと舐め回す。

「ふぅ、夢にまで見た、好きな男のおちんちん」

上目遣いにシハラムを窺ったレジェンダは、さらに大きく口を開くと、パクリッと亀頭部を咥えてしまった。

ジュルジュルジュル……。

音を立てて実に美味しそうにしゃぶっている。

おそらく初めてのフェラチオなのだろう。ただしゃぶっているだけ、という感じであり、朱雀神殿の淫乱シスターたちに比べると、技が感じられなかった。

しかし、ここまでやられたら男として止まれない。

「ふぅ～。そんなにセックスしたいなら、しよう。でも、先に言っておくが、俺はキミと結婚するつもりはないよ」

「うん、あたしは好きな男と思いっきり愛しあいたいだけだから」

「よし、ならば、立ってこっちに尻を寄こしなさい」

レジェンダを無理やり立たせると、背を向けさせた。その後ろからシハラムは抱き締める。

弾力たっぷりの尻の谷間にいきり立つ逸物を押し込みながら、腋の下から両手を入れると、両の乳房を揉みしだく。

（うわ、予想はしていたが、凄い弾力。油断していると弾き飛ばされそうだ）

乳房全体を豪快に揉んでいると、手のひらで乳首がビンビンにシコリ立つのがわかった。

それを抓み上げながら、耳元で囁く。

「エロい身体だ。確かにこれでは男なしでは辛いだろうな」

「ああん、やっぱりシハラム様ってドエスなんだ。いいわ、シハラム様に徹底的に調教されたい♪」

被虐の喜びに燃える女の首筋からぼんのくぼに舌を合わせて、背筋を舐めろしていく。

綺麗な背中だ。腹部は引き締まり、臀部は瓢箪のように膨れている。

腰を覆う半透明なハーレムパンツをたくし上げようとしたが、裾口が締まっているので断念。腰から引きずり下ろした。

さらにすぐに引き締まった生尻があらわとなる。極小ショーツは尻の谷間に完全に埋もれてしまっている。

そのパンッと張りつめた臀部に魅せられたシハラムは、両手で左右の尻朶を揉みしだいたあと、紐ショーツを引きずり下ろし、左右に割った。

「はぅ！」

女の羞恥に息を呑むと同時に、蕾のような肛門が男の視界に飛び込む。

ついシスターとの遊びの癖で、肛門を弄りたくなったが、とっさに思い直して、両手の親指で陰唇をメラリと開く。

「はぁん♪」

トロトロトロと中に溜まっていた牝汁が溢れて、濃厚な牝獣の匂いが、男の鼻腔を撃つ。

否応なく牡欲に支配されたシハラムが、砂漠の花にむしゃぶりつこうとしたところで、レジェンダは悲鳴を上げた。

「あ、ちょっと待った！」

「どうした。いまさら」

今までやられたいと散々にごねていた女の抵抗に、シハラムは戸惑う。

尻を捕らえられている乙女は、顔を薔薇のように赤くしながら言い訳する。

「いや、その、なんだ。忘れていた。あたしさ、今日の戦いから今までシャワー浴びてないのよ」

「気にするな。俺も浴びてない」

容赦なくラビアを開いたまま、シハラムは応じる。

「いや、そうじゃなくて。だから、その……、あの女との一騎打ちは怖くなかったんだけど、やっぱ、あんな狭い渡し板の上で大立ち回りを演じたのは怖かったのよ。だから、その、ちょっと、ちびったの忘れてた」

羞恥に悶える女の告白に、シハラムは失笑した。

「どおりで臭いと思った」

「やっぱり⁉」

た。

「冗談だ。男を誘ういい匂いしかしない」

目を剥くレジェンダをからかったシハラムは有無を言わさずに、砂漠の薔薇に吸いついた。

「あ、ダメ、そ、そんなところ、吸ったら、あああ、臭い、臭いのに……あぁ、恥ずかしいのに、気持ちいいいぃい～♪」

ジュルジュルジュルジュル……。

船先に立ったレジェンダは、夜の海に向かって吼える。

柔らかい粘膜を隅々まで舌を這わせたシハラムは、淫核はもちろん、膣孔も舐め穿る。

「あ、ダメ、おかしくなる、おかしくなっちゃう！　もう、もうイっちゃう!!!」

船の先端にしがみつき、腰から崩れそうになるレジェンダを、立ち上がったシハラムが抱き締める。

「まったく、困った姫様だ」

「姫じゃないわ。ただの女。好きな男と一つになりたくて、パタパタしている哀れな牝。だから、姫ではなくて、名前を呼んで」

その要望にシハラムは答えることにした。

「レジェンダひ……。レジェンダ。入れるぞ」

「ええ、シハラムのちんぽでぶち抜いて」

女の要望に応えて、両手で船縁にしがみついて、尻を突き出す女の背後から、いきり立つ逸物を膣孔に押し込む。

ブチリ。

「くっ」

今まで遊び感覚で淫らに振る舞っていたレジェンダが、身を固くしたので、シハラムはいささか気遣った。

「大丈夫か？」

「大丈夫よ。あらかじめ痛いってわかっていたことだし……でも、好きな男のちんぽでぶち抜かれたと思うと、この痛さも愛おしいというか、楽しめるわね」

さすがは快楽主義者といったところか。

成人女性である。男性器を受け入れる器として完成していたのだろう。

ちなみに二十代も後半になってから破瓜《はか》をするときは、処女膜硬化というものを起こしていて、それはそれで痛みが激しいものなのだという。

つまり、二十歳のレジェンダの身体は大人であり、処女膜も堅くなっていない。犯しごろの旬の牝の身体ということなのかもしれない。

(しかし、きついな。これが破瓜の瞬間か)

シハラムは、朱雀神殿の未亡人シスターと遊び、ヴィクトワールの肛門の処女を奪ってきた訳だが、普通に処女を奪ったのは初めてである。

(これもなかなか悪くない。いや、なんだこのザラザラ感覚は……まるでヒトデにでも包

まれているみたいだ）

油断していると、あっという間に絞り取られそうである。

（オマ○コも王女様となるとものが違うのか。いや、王女様云々ではない。単にレジェンダが名器の持ち主だったというだけか。ってヤバイ。このままでは、あっという間に絞り取られる。それでは格好がつかないぞ）

戦のあと、男が昂るというのはやはり本当なのだろう。かつてない獣欲に駆られたシハラムは、相手は初めての女であり、優しくすべきだと頭ではわかっていたのに身体を制御できなかった。

「初めてだってわりには、ずいぶんといい具合に感じているな。見た目通りエロい身体だ」

嗜虐的に笑ったシハラムは、欲望のままに腰を使い始める。

パンッ！　パンッ！　パンッ！

夜の海に女の尻と男の腰がぶつかりあう音が消えていく。

「あん！　あんっ！　あん！　奥っ、奥まで入ってくる、あんっ！　凄い、征服される。征服されちゃう♪」

レジェンダの嬌声を聞いて気をよくしたシハラムは、両側から押さえていた尻から手を離すと、今度は両の乳房を鷲掴みにした。

「あ、これヤバイ。ちんぽぶち込まれた状態で、左右の乳首を弄られるの最高♪」

シハラムは乳房の形が変わるほどに揉み込み、勃起している乳首を扱き立て、女の腰を砕かんばかりに激しく突き上げる。

「ああ、こんな気持ちいいだなんて、王女様をやめてよかった、と思えるわ。好きな男と好きなだけセックスを楽しめる」

本当にエロい女である。セックスを心から楽しんでいることが伝わってきて、男としては実に犯し甲斐を感じる。

「こうやって幸せを噛み締めていると、アーゼルハイトに少し同情しちゃう。あの娘は心底、惚れている男に貫かれることは生涯ないんだからね。ただ側で指を咥えて見ているだけ」

「なんのことを言っている？」

「うふふ、気づかなくていいの。シハラム様はあたしの身体で遊んでいればいいんだから」

レジェンダの意味ありげな台詞にいささか気分を害したシハラムは、お返しをすることにした。

「レジェンダ、気づいているか？　俺たちのことを覗いているやつらがいるぞ」

「えっ⁉」

耳を澄ますと会話が聞こえる。

「うわ、やっぱ、戦に勝って美姫を抱く、これぞ万国共通の英雄の特権だね」

「ちょっと、マリオン声がでかい。聞こえるって」

「そうそう邪魔したら悪いわ。今いいところなんだから」

何やら三人娘の批評が聞こえてくる。レジェンダの耳にも聞こえたのだろう。耳まで真っ赤になる。逆に気を昂らせたシハラムは、見物人の女たちの声がする方向に向かって、レジェンダの右足を豪快に上げさせた。

「ひぃ」

女の身体は左右をアンバランスにすると性感がさらに高まる。その上、結合部を見知らぬ観察人に晒したのだ。

「どうした？」

「どうしたって……う～やっぱりドエス」

羞恥に頬を赤くしたレジェンダは、両肘を手すりに乗せて上体を支えながら、右手の親指をベールの中に突っ込んで、唇で噛む。

どうやら、せめて、喘ぎ声を我慢しようという判断のようだ。

そんな女のこざかしい抵抗を粉砕しようと、シハラムは右手で、レジェンダの太腿を抱えながら、左手で乳房を揉み、腰は容赦なく抽送する。

「ひぃ、ひぃ、ひぃ」

喘ぎ声を上げまいと、口を閉じることで、下の唇まで締まってしまうのか、実に締まりのいい肉洞だ。ザラザラの襞肉が、キュッキュッと肉棒を締め上げる。

「くっ、そろそろイクぞ」

「う、うん……」

隠れて見ている同性たちの視線が気になるのだろう。レジェンダは言葉少なく頷く。

シハラムの方はいっさいお構いなく、彼女の最深部に向かって、欲望を吐き出した。

「へぇ、あ、凄い！　脈打っている。脈打っているの。ああ、もう、ダメ、ひぃー！　熱いの、熱いのキター!!!」

ドクン！　ドクン！　ドクン！

破瓜に続いての初めての膣内射精。それも見知らぬ同性に見られながらの、初体験だ。

理性がぶっ飛んだような悲鳴を上げる。

ブシャッ！

右足を犬が小水をするように上げていたレジェンダは、水風船でも爆発させたように潮を噴いた。

「はぁ、はぁ、はぁ～、気持ちよかった。これで、もう、あたしはシハラム様の女ね」

逸物が小さくなったところで、レジェンダは器用に逸物を支点にして身体を反転させた。

そして、至近距離から、シハラムの顔を覗き込む。

「ああ」

「あたしは祖国を喪失したけど、男を得られた。これだけで生きる希望が湧いてくるわ」

体内に咥え込んだ逸物を決して逃がすまいとするレジェンダに、これは早まったかもしれない、といまさらながら後悔を感じるシハラムであった。

第四章　事前準備

「まずは勝利、おめでとう。さすがはおにい様ですね」

ザウルステールの戦いを終えたシハラムは、急ぎ王都ガラテイアに帰った。

謁見の間にて、女王アーゼルハイトと前国王ドレークハイト、そして、重臣の方々に公的な報告を済ませたあと、私的な報告をするために、女王アーゼルハイトの私室に呼ばれる。

シハラムが部屋に足を踏み入れると、アーゼルハイトは横長のゆったりとしたソファーに横臥していた。

クッションを入れた肘かけに左腕で頬杖をつきながら、右腕を横に開いて背もたれの上にかけ、下半身も座面の上に乗せて横たわっている。

おかげで腹部のくびれから、臀部の張りに至る曲線がダイナミックに晒されていた。

いや、問題はそこではない。

アーゼルハイトは服を着ていなかったのだ。素っ裸になって、頭上の簡易な王冠や首周りのネックレス、手首のブレスレット、足首のアンクレットといった装飾品だけ身に纏った姿でくつろいでいた。

おかげで、スレンダーな体躯とは裏腹な重量感たっぷりの乳房は丸見えだし、まんまるい臍、そして、黄金の薄い陰毛など丸晒しだ。

「……」

さすがのシハラムも度肝を抜かれて立ち尽くした。

「ふふん♪」

満足そうに鼻で笑ったアーゼルハイトは、自慢の頭髪を指で弄ぶ。

ここはやはり大人として、忠告すべきだろう。諦念の溜息とともにかぶりを振るったシハラムは苦言を呈する。

「何をやっておられるのですか？　女王たる方がはしたないですよ」

「今日は暑いから涼ませてもらっているわ。プライベートな場所なら、どのような格好をしてもいいでしょ。それとも、女王にはプライベートがない、と言いたいの？」

わざとらしく上体を反らしたアーゼルハイトは、自らの胸元を誇示するように顎を上げ、シハラムに流し目をくれ、冷笑を浮かべる。

誇らしげに翳された乳房は、重力には完勝。まったく垂れることなく、それどころか前方に勢いよく飛び出し、ぐんっと上を向いている。

芸術的といっていい完璧な造形美を誇っているが、同時に極めて尊大な人となりを表すかのように、尖鋭的だ。

「そうは申しませんが……」

「私室でどんな格好をしようとわたくしの自由でしょ。それにわたくしの裸なんておにい様にとって珍しくもないでしょ。昔は一緒にお風呂に入ったこともあったではありませんの？」

「いや、あれはお前がほんと子供の頃だろ」

呆れるシハラムに、恥じ入るでもなく、アーゼルハイトはどこまでも尊大に応じる。

「うふふ、成人したって関係ありませんわ。なぜなら、おにい様はわたくしに性的な興味はないのだから。問題ないでしょう？」

明らかに女として成長した裸体を見せつけようとしているアーゼルハイトは、演技がかった艶っぽい口調で告げる。

「そうよね。わたくしに男遊びをすることを禁止したおにい様が、わたくしに手を出すことなんてできない。それなのに気を使うのはバカらしいというものだわ。ここにあるのは木石。ただの裸婦像でもあると思っていればいいわ」

「承知しました」

四の五の言っても仕方がない。シハラムは頭を垂れる。

しかし、女王様の機嫌は一気に悪化した。

「何その態度。こんな美しい女の裸体を見ているのよ。少しは喜んで欲しいわ」

「光栄に思っています」

「うわ、ムカつく。心がまったくこもっていない！」

アーゼルハイトは面白くないとばかりに顔を背ける。

それから気を取り直したように、臀部を左手で撫でつつ、自らの裸体を誇示してみせる。

「ほら、よく見なさい。わたくしって綺麗でしょ？」

「それはもちろん、お綺麗でございます」

アーゼルハイトの裸体を見て、綺麗だと感動しない者がいるはずがない。

高貴なる血筋に裏打ちされた肉体美。管理された食事に、適度な運動に睡眠。日々、侍女たちに磨き上げられた玉の肌に、光る髪。装飾品の一つ一つが伝統に裏付けられた芸術品だ。

そして、十八歳という年齢。

色気という意味ではまだまだ発育途上かもしれないが、今まさに女として華開いたばかりの初々しい美しさだ。

まさに女体の至高にあるといって過言ではないだろう。

「そうよね。わたくしの身体を洗う侍女たちがみな口を揃えて言うのよ。このおっぱいにむしゃぶりつきたくない男はいないって。おにい様はどう思って？」

「そりゃ、この国一番のルビーよりも綺麗な乳首だと思うぞ」

シハラムの称賛に、アーゼルハイトは満足げに頷く。

「そうよね。自分で言うのもなんだけど、わたくしほど容姿に恵まれた女を見たことはないわ。今この瞬間に世界で一番の美人はわたくしだわ」

凄い自惚れぶりである。さすがに呆れ果てるシハラムに、陶然と自らの肉体を撫で回しながらアーゼルハイトは続ける。

「噂に聞くイシュタール王国のグロリアーナにしたって、今じゃ四十歳を越えたオバサンだろうし、わたくしの若さの前には霞むでしょうよ」

「左様でしょうね」

西国諸国連合の盟主イシュタール王国には、シハラムも出向いたことがある。

そのとき、絶世の美貌を謳われるイシュタール王国の女王、いや、今は王位を退いて太王とか、院宮と称している彼女と謁見した。見ていると寒気がするほどの色香に圧倒されたことを覚えている。

しかし、いくら優れた容貌であっても、寄る年波には勝てないはず……だ。

そう考えると、確かにアーゼルハイトの美貌は、時代に冠絶していると言っても過言ではないだろう。

右手で、上側の乳房を手に持ったアーゼルハイトは、溜息をつく。

「こんなに素晴らしい肉体をまったく活用せずにただ大事にしまっておく。それって新鮮な果物を、わざわざ蔵に閉じ込めて鍵をかけておくようなものよ。宝の持ち腐れ、神への冒涜だと言えないかしら?」

「御身の宿命と思し召しください」

ナルシストを極めている女王を、シハラムは静かに窘める。

「はぁ～宿命ね。……それはまぁ、わたくしとしても覚悟していなかったわけではないからいいのだけれども、問題は聖処女王の方よ。いつまでこの恥ずかしい呼称に耐えなくてはいけないのかしら？」

心底うんざりと言いたげにアーゼルハイトは吐き捨てる。

「わたくしときどき思うのよね。もし王家になど生まれず、庶民として生まれたなら、この身体一つで巨万の富を築いてみせる自信があるわ」

確かにこの美貌である。彼女を囲いたいという金持ちはいくらでもいるだろう。娼婦としていくらでも稼げるだろう。

また才知もあるから、この美貌を利用して、成り上がることはできたかもしれない。

（そう考えると、若くして女王になったというのは、彼女にとって不幸なことなのだろうか）

もし、名もなき庶民として生まれ、その有り余る美貌と才知を活用して、成り上がったとき、彼女は存分にスリルと達成感を得られただろう。

しかし、なんら努力せずに位人臣を極めてしまったことで、かえってその美貌と才能を持て余している。

いや、活用できずにいるのだ。

思案に沈んでいるシハラムに、険悪な視線を向けながらアーゼルハイトが詰問してきた。

「そういえば聞いたわよ。わたくしをこんなに悶々とさせておいて、おにい様は、あのレジェンダとずいぶんと親しくなったようね」

ひくっ、とさすがにシハラムは動揺を隠せず、いささか裏返った声を出す。

「どうして、そのように思われるのですか？」

「わたくしだって、おにい様の周りに人を配しているわ」

大きな権限を持つ臣下を監視するために、目付役を置くのは君主として当然のことである。

ただのお飾りのように振る舞いながら、ちゃんと打つべき手は打っている、ということだろう。

美しい女は、往々にして頭は弱いといわれるが、彼女に限っては当てはまらない。

もっとも、シハラムとレジェンダの逢瀬は、船上とはいえ野外である。明らかにいろいろな人物に見られてしまった。

どのような経路で、アーゼルハイトの耳に入っても不思議ではない。

「おにい様は位の高い女には手を出さないのではなかったの？」

「そのつもりだったのですが……その、成り行きといいますか」

シハラムの苦しい返答に、アーゼルハイトの声は険を強くする。

「成り行きで食べただなんて、まさに女の敵。鬼畜の所業ね」

「言い訳のしようもありません」

「なら、わたくしも成り行きで食べてみる？」

虹彩を消したかのようなアーゼルハイトの瞳はまったく笑っていない。それに吸い込まれそうになりながらも、シハラムは意志の力で拒絶した。

「……ご冗談を」

「ふん」

高慢に鼻を鳴らしたアーゼルハイトは、天井を向いて右手のひらを翳す。

「わたくしには禁欲を強いながら、おにい様はいろいろと楽しんでいるようで羨ましいわ」

「……」

シハラムは言葉もなく頭を垂れた。

そこにいかにも悪巧みしています、と言いたげな表情を浮かべたアーゼルハイトは流し目をくれる。

「うふふ、ねぇ、おにい様♪　わたくし考えたんだけど。わたくしにセックス禁止を命じたおにい様に責任を取ってもらいたいわ」

「責任？」

戸惑うシハラムに、再び横臥になったアーゼルハイトは嫣然と微笑む。

「そう責任。わたくしのこの火照る身体を鎮めて欲しいの」

「いや、だから……」

「セックスはしなくてもいいわよ。ただオナニーの手伝いをして欲しいの」

戸惑いながらも、シハラムは兄貴分として優しく諭す。

「オナニーまでは禁止しないから、一人でやりなさい」

「いやよ。わたくしはバロムリスト王国の女王よ。そんな身が一人寂しくオナニーなんてしたら、国の沽券に関わるわ。自らが戴く君主がそんな恥ずかしいことをしているなんて知ったら、国民だって失望するでしょう」

いや、男に愛撫させるのはよくて、オナニーはダメという基準がよくわからん、とシハラムは頭を抱えたくなる。

困惑する第一の家臣を、我儘な女王はさらに追い詰める。

「もしおにい様が承知してくれなかったら、そうね～。城の男たちはお爺様やおにい様を恐れて、わたくしに触れようともしないから。城をひそかに抜けだして、夜の城下町を裸で歩いてみようかしら？　そうなったら、あっという間に見知らぬ男たちに連れ去られて、滅茶苦茶にされるのでしょうね」

その被虐体験を夢想したのか、頬を染めたアーゼルハイトはうっとりと遠い目をする。

（いや、アーゼルハイトみたいな美女が夜の街を一人裸で歩いていても、連れ去ろうなどとする勇気のある男はいないのではなかろうか？）

あまりにも次元が違う美貌だ。そんなのがストリーキングしていたら、少しでも想像力がある者なら、罠だ、美人局に違いないと考えて、おっかなくて近づけないだろう。

そんなことを考えているシハラムに向かって、アーゼルハイトは妹のように甘えてくる。

「この若く美しい、その気になれば男なんて入れ食いできるだろうわたくしが、国のためを思っておにい様の言う通り、セックスを我慢しているのよ。せめてわたくしの性処理をするくらいの義務があるのではなくて？」

妖艶な緑の瞳に射抜かれてシハラムは折れた。

「ご下命とあらば……」

主君の命令に逆らえないのが臣下というものである。

満足げに頷いたアーゼルハイトは、横臥したまま胸を張り、右足を立てた。

「うふふ、おにい様なら、そう言ってくれると思ったわ♪」

左足はそのままなので、女のもっとも秘すべき場所が、ぱくりと割れる。

すなわち、乳房と股間に愛撫しろ、ということだろう。

女王の横臥するソファーの前に恭しく進み出たシハラムは、両手を差し出す。

右手で乳房を優しく捕らえ、左手を太腿の内側に添えた。

見た目は凶器のように攻撃的に飛び出した乳房だが、手に取ると柔らかい。太腿にはほどよい筋肉とほどよい脂肪がブレンドされており、柔らかくも張りがある。

いずれの肌もツルツルとした極上の絹のような手触りだ。

とりあえず、シハラムは丁寧に乳房と内腿を撫で回した。

「ふぅ〜……」

おそらく異性に初めて裸体を触れられたアーゼルハイトは、まるで猫が毛づくろいでもされているように、気持ちよさそうに目を閉じていたが、やがて目を開くとジロリと睨んできた。

「おにい様。わたくしはオナニーの手伝いをしろ、と命じたのよ。おにい様が遊んでいる朱雀神殿の未亡人シスターや、レジェンダたちはこのような愛撫で満足しているの？」

「……」

「もっと真面目にやりなさい」

叱責されてしまったシハラムは、頭を垂れる。

「我が主君の仰せのままに……」

シハラムは右手の親指と中指で、きゅっと乳首を抓み上げた。同時に左手で薄い黄金の陰毛に覆われた股間を握った。

「……っ⁉」

さすがにアーゼルハイトは緊張に息を呑んだ。

シハラムは右手で乳首を扱き上げながら、左手の人差し指、中指、薬指の三指で、陰唇をぴったりと覆った。そして、前後に擦る。

「そう、それでいいの……ふぅ……」

絶対に自分を辱めない男の愛撫を受けながら、アーゼルハイトは気持ちよさそうに目を閉じた。

シハラムは黙々と指を動かす。

「あ、ああ……ああん……」

静かな室内に、若き女王の上品な吐息だけが漏れる。

右手の指の中で乳首がコリコリにシコリ立ち、同時に左手のひらの中が潤んできた。

クチュクチュクチュクチュ……。

静かな室内に卑猥な水音が響く。

「い、いいわ、それ、凄く、さすがおにい様、女の敵だけあって壺を心得ていますわね。ああ、気持ちいい、こんなの初めて……♪」

悶える女王の前に跪きながら、シハラムは無言のまま、静々と指マンを施す。

傲慢なる女王は白き裸体をヒクヒクと痙攣させ、シハラムの左の手のひらから零れるほどの熱い愛液を垂れ流した。

左手の手のひらには、コリコリとした突起の感覚が伝わってくる。

どうやら、淫核がかなり勃起しているようだ。

男としてのサービス精神を刺激されたシハラムは、包皮に覆われた淫核を抓む。

「ひぃ、そこは……ダメぇ……」

背筋を大きく反らした女王の指示に従ってシハラムは指を離す。

トローと透明な液体が、長く糸を引いてから切れた。

「って、本当に指を離すのね」

唐突に快楽を中断されたアーゼルハイトは恨みがましい顔で睨む。

「おにい様、わざとやっているでしょ？　わたくしを欲求不満で悶えさせるのがそんなに楽しい？」

「すべては主君の命じるままに……」

「ふん。おにい様のその忠臣ぶった顔、ほんと憎らしい。そういう意地悪するなら、わたくしにも考えがあるわ」

鼻を鳴らしたアーゼルハイトは、肘かけから身を起こした。そして、正面を向いてソファーに座り直すと、シハラムの鼻先で白く長い足をM字開脚に開く。

「……っ」

驚くシハラムを酷薄な眼差しで見下ろしたアーゼルハイトは、さらに両手を左右から回すと、繊手を肉裂の両側に添えて、ぐいっと開いてみせた。

ぶわっと、濃密なチーズのような牝臭が、男の鼻腔を打ちすえる。

「うふふ……どお、わたくしのオマ○コ見た感想は？」

俗に「くぱぁ」と呼ばれる姿勢になりながら、ここまで強気に振る舞える女は、そうそういないであろう。

「お綺麗です」

女王の秘部は、さながら磨き上げられたピンクサファイアのような、作り物めいた美しさをしていた。

男の指マンを受けたことで、全体が水飴でも垂らされたかのように濡れ輝いている。

淫核は完全な包茎のようだ。ぷっくり膨らんでいるが包皮は朝顔の蕾のように閉じている。

膣孔はぱっくりと開いて、ヒクヒクと痙攣していた。見ていると吸い込まれそうな孔だ。

「その感想、面白くないわ。もっと具体的に言いなさい。わたくしのこの部分を見たことがあるのは、おにい様だけなのよ……」

「朝露に濡れた薔薇の花のようです」

その感想でアーゼルハイトは満足したようだ。陰唇を開いたまま、酩酊したような表情で見下ろす。

「そうね。わたくし凄い濡れている。おにい様が悪戯したからいけないのよ。あは、今わたくし発情している。ほんと発情期の牝猫の気分がよくわかるわ。今なら、どんな牡に求められてもイヤとはいえない。ねぇ、おにい様も発情しているのでしょ。ズボンを今にも突き破りそうよ。見ていて痛々しいわ」

シハラムを嘲るアーゼルハイトは実に楽しそうだ。

「あ、そうだ。おにい様。わたくしの処女膜を見てちょうだい。わたくしが聖処女王なんて恥ずかしい異名に相応しいかどうか確認して」

アーゼルハイトは繊手の指先で、膣孔の四方に指を配すると、押し開いてみせた。

「御意のままに……」

シハラムは真面目な顔をして覗き込む。

「見えた？」

「はい」

「どんな感じ？」

主君の御下問に、忠実なる臣下は答える。

「本当に膜のように張っていますね。まるで絹糸で作られたかのようにツヤツヤと濡れ輝いております」

膜の中央に亀裂が走っている。真円環状処女膜といわれる形状であろう。

「欲しい？　わたくしの処女膜？　男って処女膜を破るのが好きなんでしょ？　バロムリスト王国の女王、聖処女王と称えられる、今の世でもっとも高貴で、美しい女の処女膜よ。おにい様なら構わないわよ」

「ご冗談を……」

「ふん、意気地なし」

吐き捨てたアーゼルハイトは、膣孔から両手の指を離した。そして、ソファーにそっくり返るとぞんざいに命じる。

「なら、処女のまま楽しませてちょうだい。おにい様ならできるんでしょ。この発情期の牝猫のようになっている身体を慰めなさい。やってくれないと、理性を失ったわたくし、このまま夜の街に男を漁りに行くわ」

「すべては我が主のために……」

女王様の脅しに屈したシハラムは、目の前の包茎クリトリスに右手の指を添えた。

びくん。

すでに十分に高まっている状態で、乙女の急所を捕らえられたアーゼルハイトは、背筋をのけぞらせる。

その小さな朝顔の蕾のような包茎淫核を、シハラムはコリコリと右回りに捏ね回してやった。

「ひぃ、そ、そんな、そんな敏感なところばかり、責められたら、わたくし、あぁ……ひぃあ♪　おにい様、意地悪、あん、ビリビリしちゃう♪」

尊大な女王様を装っていても、実際は経験のまるでない乙女である。その裸体は敏感すぎて、責められると弱い。

あっという間に絶頂してしまったようだ。

「はぁ～、気持ちいい♪　世の女たちはみんな男にこんな気持ちいいことされているのね。うふふ、おにい様も苦しいでしょ。こんな美人の裸体を前にして、その裸体をまさぐったというのに、射精できないのって」

「……」

シハラムは返事をしなかった。

口を開いたら、自制心を失ってしまいそうだったからである。

そこで、小生意気な妹分の淫核を黙々と捏ねることに集中することにした。

「あひっ、そんな……連続で、ああ、あああん、ひぃ、ああ」

アーゼルハイトは慌てるが、シハラムはそしらぬ顔で淫核責めを続ける。

ビクビクビク。

麗しい裸体が、派手にのけぞり痙攣を繰り返す。

どうやら、敏感すぎる身体は、幾度も絶頂しているようだ。

小さな膣孔が開閉を繰り返し、中から滝のように愛液を滴らせ、ソファーを濡らす。

「ひぃ、ひぃ、ひぃ……」

怖いほどに整った美貌を誇るアーゼルハイトの口元はだらしなく開き、口角から涎が垂れる。

いわゆる、アヘ顔という表情になっているが、それでも美しく高慢に感じられるところがさすがだ。

それゆえに男の嗜虐心を刺激する。

いつしかズルリと包皮から、赤い実が剥け出てしまった。

「ひぃっ⁉」

アーゼルハイトは息を呑んで身を固くした。

オナニーだって一人でしたくない、という気位の高い女である。おそらく、自分で剥いたことがなかったのだろう。

初剥きされた淫核は敏感で、空気に触れられるだけでも痛い。

それを人差し指と中指で抓んだシハラムは、シコシコと激しく上下にシゴキ立ててやる。

「ひぃぃぃぃぃぃぃ！　おにい様、もう、許して、そこばかりやられたら、わたくし、もう、もう、もう、ダメぇぇぇ」

　さすがの尊大な女王様も、初剝きされた淫核を抓まれ、激しくシゴキ上げられたら、たまらなかったらしい。

　ついに泣きが入った。

「あひぃぃぃぃぃぃ!!!」

　プシュ――――ッ！

　断末魔の悲鳴とともに、異性に初めて淫核を責められた女王様は、潮を噴いた。いや、失禁してしまったようだ。

　ジョジョジョジョジョ……。

　大量のお湯が、シハラムの顔にかかる。

「あ、そ、そんな……ああ、止まらない……」

　この失態はアーゼルハイトも予想外だったのだろう。羞恥に顔を真っ赤にしている。

　なんだかんだいっても、お嬢様育ちだ。教育の行き届いた女にとって、人前で失禁するのは耐え難い恥辱なのだろう。

　しかし、一度始まってしまった放尿を自分の意志では止められないようだ。どうやら、完全に腰が抜けているようである。

　しばし失禁しながらおろおろしていたアーゼルハイトだが、やがて開き直った。

「ああ、飲んで、わたくしのおしっこ飲んで、おにい様はわたくしのモノなんだから、わたしのおしっこを飲みなさい」

「すべては主の命じるがままに……」

シハラムは口を開く。

温かい液体が、口腔に溢れ返り、ごくごくと嚥下《えんげ》する。

忠義の騎士は、聖処女王の下賜《かし》を、ありがたく頂戴した。

「ああ、おにい様って、ほんと、どうしようもない変態だわ……」

自分の尿を飲む男を見下ろしながら、アーゼルハイトは恍惚としていた。

※

「それでドモス王国の動きはどうなっている?」

我儘な女王様の相手を務めたシハラムは、一旦風呂に入り、身支度を整えてから、改めてフレイア地方の情報を報告させる。

すっかり副官面したレジェンダが、報告をまとめてくれていた。

それを聞いていたときである。朱雀神殿の尼僧ヴィクトワールが飛び込んできた。

「至急、朱雀神殿にお越しください。ユーフォリア様がお引きあわせしたい御仁がいるとのことです」

「姉さんが?」

以前、ドモス王国のヒルクルスと連絡を取ってくれるようにお願いしていた。

それに応じて使者が来ているということだろう。それと察したシハラムは大急ぎで、朱

雀神殿に向かった。

男子禁制の尼寺だが、シハラムは顔パスできる。

ただちに応接間に入ると、ユーフォリアの他に、先客がいた。

年のころは三十前後だろうか。見るからに使えるという雰囲気のある精悍な男だ。

（傭兵？　いや、軍人だな。姉さんはこの男を俺に引きあわせようというのか？）

簡易な鎧を纏い、腰には使い込まれた剣。その身なりは傭兵を装っているが、騎士だろうとあたりをつける。

その男はシハラムの姿を見ても、起立しようとはせず、ソファーにゆったりと腰を下ろしている。

シハラムは、バロムリスト王国では知らぬ者とてない重鎮だ。それを前にして席から立とうともしないのは、不遜であろう。

特に権威を振り回すつもりはないが、不快に思ったことは確かだ。

そんな弟の心理を知ってか知らずか部屋の入り口に立つシハラムに、ユーフォリアはにこやかな表情で紹介してきた。

「参りました。これがわたくしの弟です。シハラム、こちらはヒルクルス将軍です」

「っ⁉」

シハラムは目を剥いて絶句した。

（今、姉さんはなんと言った。「ヒルクルス将軍からの使い」ではなく、「ヒルクルス将軍」

と言ったな)

ユーフォリアの言い間違い、あるいは自分の聞き間違いか、にわかには信じかねる紹介に、驚愕するシハラムに、男は悪戯成功と言いたげな笑みを浮かべて悠然と名乗る。

「このたびドモス王国フレイア総督に就任したヒルクルスだ。隣国の誼で仲良くしたいね」

ヒルクルスと名乗った男は、右手を差し出してきた。それをまじまじと見たシハラムだが、なんとか自分も右手を出す。

「バロムリスト王国大将軍シハラムです。よろしく」

握手を交わし、手を離した二人は、向かいあわせにソファーに座った。

シハラムからして右、ヒルクルスからして左にユーフォリアは座る。

「……」

なんともいえない緊張感の中、ヴィクトワールが入ってきて、シハラムの前に紅茶の入った陶器を置く。先にいた二人の前にはすでに紅茶があった。

ヒルクルスはまるで、自分の家にでもいるといったくつろいだ様子で、紅茶の匂いを嗅ぐ。

「朱雀神殿というのは、どこも紅茶の淹れ方は絶品だな」

「恐れ入ります。当寺院では赤い色を好む傾向にありまして、そのため紅茶にも凝っているのです」

「さすがは朱雀神殿というだけある」

にこやかに会話するヒルクルスとユーフォリアの様子を眺めながら、緊張に喉を鳴らしたシハラムは、自らも紅茶を飲んでなんとか精神的な再建を果たす。

「それにしても大胆な方だ。敵地に単身乗り込んでくるとは……」

シハラムの感想を、ヒルクルスは訂正する。

「俺はドモス王国とバロムリスト王国が戦争状態に入ったという話は知らないが、違ったかな?」

「失礼しました。確かにそうですね」

一触即発とはいえ、宣戦布告もされていないし、戦端も開かれていないことは確かだ。

白々しい、とは思うが、建前を優先するのが政治というものだろう。

「さて、キミの姉上から、キミが俺と会いたがっていると聞いたからわざわざ出向いてきた。朱雀神殿、とりわけ大司教ユーフォリア殿には世話になっているからね。いろいろと相談に乗るよ」

「……」

馴れ馴れしいやつだ、と思いつつもシハラムは口を開く。

「ドモス王国との通商条約を結びたい。フレイアの地下から掘り起こされる魔法の触媒。それは全国で取引される人気商品だ。荷物を運ぶには船を使うのが一番いい。ぜひバロムリスト王国の港を利用してもらいたい」

ドモス王国にはまだ海がない。いや、正確には北の凍刃海があるが、夏でも流氷があり、船が使えない。また、従属国のナウシアカにも北海があるが、こちらとの間にはターラキア山脈という難所がある。わざわざ運ぶのは大変な手間である。

「知っているとは思うが、ドモス王国は世界統一を標榜する国家だ。よって、対等な国家など存在しない」

欲しいものは武力で奪う。バロムリスト王国の港を使いたければ、バロムリスト王国を滅ぼして我がものとする。

それがドモスのやり方だ。

それと承知しながら、シハラムは交渉している。

「何事にも例外があると存じます」

「確かにその通りだ。しかし、バロムリスト王国が例外となるには、いささか誠意を見せる必要があるだろうな。今までが今までだけに」

「具体的にはどのような方法が有効ですか。ぜひご教授願いたい」

ヒルクルスはニヤリと嗤笑《ししょう》する。

「ドモス国王陛下は好色だ。アーゼルハイト陛下が褥《しとね》に入るのが一番手っ取り早い」

バン！

シハラムは右手でテーブルを叩いて立ち上がった。

「御免こうむる。我らが敬愛する女王への侮辱。取り消してもらいたい」

同盟国になるのはいい。対等とは言わぬまでも通商を行い互いに豊かになる道を取りたい。

しかし、女王アーゼルハイトが、ドモス国王の褥に侍ったり、ドモス王国の王族を婿に迎えたりしたら、従属国になることを意味する。

それは友好関係にある西海航路の諸国と断絶を意味した。そうなったら、西海航路での交易が不可能となる。

西海航路の番人を自認するバロムリスト王国は立ちゆかなくなるだろう。

また私的な理由としても、自分を兄のように慕ってくるアーゼルハイトを何があっても守ると決めている。

国の守るためにスケベ爺の褥に入らせるなどと、絶対にできない。

「まぁ、女王様を守るナイトとしては、そうだろうな」

癇に障る笑みを浮かべつつヒルクルスは肩を竦める。

「しかし、そうなると戦争になるぞ。いいのか?」

「我が国の底力を舐めないでいただきたい」

「交渉決裂だな」

ヒルクルスはあっさりと立ち上がった。

「お送りしましょう」

ユーフォリアが立ち上がる。

ヒルクルスは後ろ手に手を振った。

「一戦したいというならそれもいい。しかし、キミたちが降伏するというのなら、俺が仲介役を買ってでるよ。キミの姉上は俺にとっても大事な女だ」

余裕綽綽の態度が気に入らない。

とっさに腰剣の柄を握り締める。

(このまま帰していいのか?)

遠くない将来、バロムリスト王国とドモス王国の戦端は開かれるだろう。

そのとき、ドモス王国側の中心人物になるのがこの男であることは疑いない。

しかし、だからといってここで討ったのでは、それこそドモス王国との戦端が開かれる大義名分を与えることになる。

結局、シハラムは動けなかった。ドモス軍の幹部との話しあいはなんら得るものなく、物別れに終わった。

※

「はぁ〜、驚いた。まさかヒルクルス将軍が単身で出向いてくるとはな」

せっかく朱雀神殿に来たので、シハラムは一泊していくことにした。

風呂に入ると、ヴィクトワールは当たり前の顔をしてついてきて、一緒に湯船に入る。

「わたくしも驚きました。まさかあの方がヒルクルス将軍だったなどと……事前にお知らせできず、申し訳ありません」

ヴィクトワールは自分のミスだと言いたげに落ち込む。

「いや、今回ばかりは相手が悪かった。さすがに一介の浪人から一国を任されるようになったただけはある」

シハラムは、ヴィクトワールを抱き寄せた。

「あっ」

喜びの悲鳴を上げるヴィクトワールに背を向けさせると、自らの下腹部に座らせた。細い太腿の狭間に逸物を挟む。

肉棒の表面には、女性器がぴったりと張りついている。いわゆる素股状態だ。

その体勢のまま、腋の下から両手を入れて、美乳を手に取った。

「あ〜、癒やされる。こうしていると生き返るよ」

ヴィクトワールの乳房を揉みながら、シハラムはしみじみと溜息をついた。

とにかく気苦労が多いのだ。

私人としては、絶対に抱けない女王様の我儘に付き合って、公人としては戦争と外交にも口を出さねばならない。

ドモス王国に戦って勝つのは至難だ。だからといって、ドモス王国に従属すれば、今度は裏切り者として、西国諸国から袋叩きに遭うだろう。それは西海航路の覇権も失うということであり、バロムリスト王国は一気に弱体化してしまう。

どちらに転んでもダメ、という状況は、戦略的に詰んでいる気がしないでもない。

「そ、そんな……わたくしの身体で癒やされるのでしたら、いくらでも……ああ」

「おっぱいだけでイってしまうとはイヤらしい身体だ。貞淑をもって神に仕える朱雀神殿の聖巫女様がこんなにエッチでいいのかな？」

二人がイチャイチャしていると思わぬ声がかかった。

「あまりヴィクトワールを苛めないであげて、巫女である前に乙女なのですから」

そう言って風呂場に入ってきた女がいた。

「っ⁉」

巫女の身で男と一緒に風呂に入っているのはあまりよろしくない。

特に聖女であるヴィクトワールは、貞操を重んじられる。

とっさに離れようとする二人を、闖入者はやんわりと留めた。

「そのままで構わないわ。あなたたちのことは承知していますから」

「これは姉上っ⁉」

古拙に笑って入室してきたユーフォリアは、赤い豊かな髪をタオルで包んでいただけで、あとは素っ裸だ。

風呂場だから、当然といえば当然なのだが、次代の法王と目される美女は、自らの裸体を隠そうともしない。

陰毛も赤々としていて、朱雀神殿の巫女に相応しいように思われた。

「姉弟なのですから、別に構わないでしょう」

「いや、そうは言っても……」

姉弟といっても、お互い成人である。

三十代に入ったユーフォリアは、成熟した肉体美を持った絶世と言っていい美女である。色香がハンパではない。

実姉の裸体というものは、他の女の裸体以上に見るのが気恥ずかしいものだ、ということをシハラムはこのとき知った。

視線を明後日の方角にずらしながら、上ずった声を出す。

「あ、え〜と、その……ヒルクルス将軍が来るなら来るであらかじめ教えていただきたかった」

「そんなことできないわ」

「なぜですっ⁉」

いきなりだったので、精神的に不利な立場での会見になってしまった。

あらかじめわかっていれば、もう少し交渉のしようがあったのではないか、という思いを捨てきれない。

湯船の端に腰をかけたユーフォリアは当たり前のように応じる。

「そんなことをしたら、あなた兵を連れてきたでしょ」

「それは……そうです」

選択肢の一つとして当然、考えられる策だ。何せ敵の有力将軍である。それを斬るなり、捕らえることができたら、政治的にいろいろと活用できたはずだ。

「そんなことをしたら、あの人の不利になってしまう」

「ずいぶんと肩を持つんですね」

弟の皮肉に、姉はしっとりと笑う。

「当然でしょ。ヒルクルス将軍はわたくしの聖婚の相手なのですから」

堂々と告白されて、シハラムは絶句する。

朱雀神殿の聖女は結婚できない。どうしても、結婚したいのなら、還俗すればいい。

信者たちは、聖女に夢を持って、布施をするのだ。

「わたくしをはしたない女と侮りますか？」

「いえ……」

シハラムにそのようなことはできない。

ユーフォリアは、バロムリスト王国を代表して出家しているのだ。いくら国家のために必要な処置とはいえ、女の幸せをすべて奪ってしまった、という後ろめたさがある。

その意味で、聖婚という制度で、好きな男と添い遂げられるのだ、と知って安堵している、という側面もある。

そんな弟の心理をどう読んだのか、ユーフォリアは真面目な顔で質問してくる。

「わたくしは腹を割りました。ですから、シハラム、あなたも腹を割って話してください。ドモス王国と闘うのはよしとしましょう。それで、どこまでするつもりですか？　バロムリスト王国とドモス王国。どちらかが死滅するまで戦い続けますか？　それとも講和の条件を整えるための手段として戦うのですか？」

「ドモス王国との戦いの最前線にいつまでも立たせられるのは御免こうむります」

「それではどうするのですか？」

シハラムはこれから起こるであろう戦役の戦略目標を初めて人に語った。

「まずは一戦。ドモス王国に我らの力を見せつけます。これで内外に義理を果たしたことになるでしょう。その後、改めて講和を申し入れます。そのとき、姉上とヒルクルス将軍を頼らせていただこうと思います。よろしいですか？」

「ええ、承知しました。その腹積もりでわたくしもいろいろと行動することとしましょう」

「ありがとうございます。何卒よろしくお願いします」

頭を下げる弟に、豊満な乳房を晒している姉は優しく頷く。

「わたしは戦争のことはよくわかりません。しかし、バロムリスト王国は我が祖国です。できる限りの骨折りはさせていただきましょう」

簡単に言うが、一戦したところでバロムリスト王国は壊滅ということはあり得る。そうなったら、シハラムは戦争責任を全部ひっかぶって、自分の首級を講和条件に添えるつもりだ。

そんな弟の決意までもユーフォリアは呑み込んでくれたようだ。

「さて、これで懸案の一つは片付きました」

ユーフォリアは表情を改めた。

「まだ何か御用がお有りなのですか？」

いささか警戒するシハラムに、お湯の中で赤い陰毛をゆらゆらと揺らすユーフォリアは頷く。

「はい。これは先輩の巫女としての忠告です、ヴィクトワール。あなたが聖女として、大変真面目なことは心得ております。しかし、アナルセックスというのはあまりお勧めしませんわよ」

姉弟のやり取りを黙って見守っていたヴィクトワールは慌てて言い訳をする。

「申し訳ありません。わたくし、どうしてもシハラム様と繋がりたくて」

わかっていると言いたげに、ユーフォリアは頷く。

「たとえ屈辱的なアナルへの挿入であっても、好きな殿方のものを受け入れられるのは嬉しいことです。しかし、やはり身体への負担が大きいですから、あまり推奨はいたしませんし」

身に覚えがある、と言いたげな実姉の態度に、シハラムは複雑な気分になる。

「そこでヴィクトワール。あなたシハラムと聖婚の儀式をしませんか？」

「えっ⁉」

ヴィクトワールは目を剥いた。ユーフォリアは優しく促す。

「あなたたちさえよろしければ、わたくしが立会人を務めて差し上げますよ」

「シハラム様さえよろしければ、わたくしはいつでも……」

シハラムを見るヴィクトワールの瞳がきらきらと輝いている。

そんな瞳で見られては断れない。

口には出さなくとも、アナルセックスだけの関係が不満だったのだろう。

察してあげられなくて、申し訳ない気分になる。

「わかりました。その聖婚の儀を受けます」

「ありがとうございます。シハラム様」

歓喜のあまりヴィクトワールは、泣き出してしまった。

それから、ユーフォリアの立ち会いのもと、朱雀神殿独特の儀式が行われることになった。

三人は浴室から、礼拝堂に移動する。

シハラムとヴィクトワールは裸で向かいあう。ユーフォリアもまた、裸のまま説教台に立った。

「汝、ヴィクトワールは、このシハラムに神の祝福を与えますか？」

「はい」

「汝、シハラムは、ヴィクトワールを神の代理人として認めますか？」

「はい」

聖婚の儀式とは、ようするに立会人の見ている前で、聖女と呼ばれる女性を破瓜させればいいのだという。

礼拝堂でセックスするのは、不信心な気がするのだが、そういう儀式なのだから仕方がない。

「わかりました。では、わたくし朱雀神殿の大司教ユーフォリアが立会人です。世俗のことは知らず、この朱雀の神の前では二人を夫婦と認めます。儀式を始めてください」

かくして、ユーフォリアの見守る前で、聖婚の儀式とやらが始められることになったのだが……。

「まぁ、我が弟ながら、なかなか立派なものを持っているのね」

実姉に見られながらするのは、非常にやりづらい。

ユーフォリアは自分の聖婚相手以外の逸物を見たのは初めてなのだろう。しげしげと見つめてくる。

「シハラム、よ〜く濡らして入れてあげなさいね。あなたのものは大きいから、ヴィクトワールに傷をつけますよ」

「はいはい、わかっています」

本番こそしなかったとはいえ、アナルセックスは幾度となくやってきているのだ。

ヴィクトワールの性感帯は完全に把握している自負がある。

シハラムは、実姉の見ている前で、ヴィクトワールをマングリ返しにすると、その陰唇をたっぷりと舐めた。

ペロペロペロペロペロ……。

すっかり剥き癖のついてしまった淫核から、船底を通って、肛門まで舐めた。

同時に両手を伸ばして、乳房を揉んでやる。これをやってやると、ヴィクトワールの身体は骨が抜けたようになってしまう。

「ああ、もう、アナルは……いや……」

「そうか」

せっかく破瓜を迎えられるというのに、いまさらアナルに触れられたくないらしい。

それと察したシハラムは、膣孔に舌を入れた。かき混ぜた。

「ああ、ああ……す、すべて、すべて舐めてください。この身のすべてシハラム様のものなのですから♪」

昼間、アーゼルハイトの処女膜を目前で見ながらついに触れることが叶わなかった。その反動なのだろうか。シハラムは、執拗に膣孔を舐め穿った。

舌を入れられるだけ入れて、聖女の処女膜を舌で味わう。

「あああ……!!!」

朱雀の神が見守る中、聖女は飛沫を上げながら絶頂した。

頃はよし、と見て取ったシハラムは、身を起こし、いきり立つ逸物を濡れそぼつ膣孔に添える。

「それでは、入れさせていただきます」

「よ、よろしくお願いします……」

「聖女の肉門を打ち開くのです。心してやるのですよ」

実姉の言葉にいささか、イラっとしながらも、シハラムは返事をした。

「わかってます」

ズボッ！

マングリ返しの姿勢のヴィクトワールを、一気に貫く。

「ああ……」

ブツリッと処女膜を貫く確かな手ごたえが、逸物に伝わってきた。そこから狭い隧道を押し開きながら、逸物を沈めていく。

ズブズブズブ……。

逸物は聖女の体内に呑み込まれていき、ついにはすべて入った。

ザラザラの襞肉が、ぎゅっと肉棒を締めてきて、ヴィクトワールの両目から、涙が溢れる。

「大丈夫か？」

「いえ、これはうれし涙です。ああ、シハラム様にこうやってオマ○コを貫いていただけるなんて、夢のようで……」

「そうか……」

いささか鼻白むシハラムの横で、ユーフォリアが声をかける。

「よかったわね。ヴィクトワール。シハラム、覚えておきなさい。女にとってセックスというのは神聖なものなの。好きな殿方にオマ○コを貫かれたいの。アナルではダメなのよ」

ヴィクトワールのアナルならば幾度も貫いてきた。それで彼女は満足しているのだ、と思っていたシハラムは目から鱗が落ちる気分になる。

同時に、なぜかアーゼルハイトの顔が目に浮かんだ。

(いや、あいつの場合、単なるお遊びだろうからな)

シハラムは気を取り直して、目前の女性に集中することにする。

「それじゃ、そろそろ動くぞ」

「はい。わたくしの中に、わたくしのオマ○コの中に、シハラム様の印を注いでください。それでわたくしはシハラム様の女神になります」

「了解した」

いろいろとストレスの多いシハラムである。せめて自分を守護してくれる女神様の一人ぐらい作りたいところだ。

キツキツの膣孔の締めつけを楽しみつつ、シハラムは欲望のままに腰を使った。

ズンっ、ズンッ、ズンッ。

一突きごとに、柔らかな乳房が踊る。

「あ、ああ、ああ……」

両足の裏を天に向けたヴィクトワールは、両手は万歳しながら、ピクンピクンと痙攣している。

（ヴィクトワールは、オマ◯コに入れられるとこんな顔になるのか）

破瓜の痛みに涙しているとはいえ、その表情は幸せそうだ。アナルセックスのときとは違う。

女として輝いているかのようだ。

そう見て取ったとき、愛しさが一気に募り、睾丸から欲望が溢れた。

「ああ、す、凄い。おちんちんが震えている。ああ、く、来るのですね」

「ああ、出すぞ」

宣言と同時に、逸物を思いっきり押し込み、亀頭部で子宮口を押しながら、欲望を爆発させる。

「あ、ああ……きた。来ました。ああ!!!」

ドックン！　ドックン！　ドックン！

熱い血潮で、聖女の体内は満たされていく。

すべてを出したところで、シハラムは口を開く。

「よかったぞ。ヴィクトワールのオマ◯コ。これからはオマ◯コじゃないと満足できないな」

「はい。わたくしはシハラム様の女神となりました。もはやタブーはありません」

二人は接吻をし、愛を確かめあう。

そのときシハラムは、ふと実姉のことを思い出した。

（そういえば静かだな）

視線をさまよわせると、説教台の陰で大股開きとなり、膣孔に指を突っ込んで自涜に励むユーフォリアを発見してしまった。

「ああ、ヒルクルス様……、せっかくお会いできたのに、わたくしを可愛がらずに帰ってしまうだなんて……ヒドイ……」

次期、法王と噂される聖女も、三十路の女として熟れきった身体を持て余しているのだろう。

姉をそのように変えてしまった男のことを思い、シハラムの心にドス黒い怒りが湧く。

（やっぱり、あのヒルクルスという野郎、戦場で会ったら殺す）

第五章　聖なる奉納品

「イシュタール王国から書状がきたわ。西国諸国連合は正式にオルシーニ・サブリナ二重王国と軍事同盟を結んだそうよ」

バロムリスト王国の女王アーゼルハイトは、小指を立てて瀟洒なティーカップを持ち、口元で匂いを楽しみながら、他人事のように冷笑した。

場所は、アーゼルハイトの私室。午後のお茶の時間という訳だ。

ご相伴に預かっているのは、大将軍のシハラム。そして、従姉妹のレジェンダと、ヴィクトワールである。

妖艶なアーゼルハイト、癒し系のヴィクトワール、陽気なレジェンダとそれぞれ異なる性格をしているのに、気は合うようである。

アーゼルハイトから見ると身近な親族であり、同性で同世代ということで友達感覚なのだろう。

そんな姫様方のお茶会。しかも、肉体関係を持ってしまった女性二人と同席するのは、シハラムとしてはきまりが悪い。

これはアーゼルハイトの嫌がらせだ、とシハラムは邪推している。

「ドモス王国のフレイア占領を受けて、みな危機意識を持ったのでしょう」

朱雀神殿の巫女であるヴィクトワールは憂い顔で頷く。

乱世と言われて久しいながら、西国地方の気候は温暖であり、食料事情にも恵まれていたせいだろう。

ドモス王国のように他国を併合して無理やり大国になろうなどという野心家は出なかった。

東の大国ラルフィントのように、古くからの複雑な因習でドロドロの内紛を繰り返すようなこともない。

南国の翡翠海沿岸のように、狭い海の利権を巡って食いあうということもなかった。

西国地方の戦争など、せいぜい国境争いぐらいのもので、本格的に潰しあうこともなく、至って平和を満喫していた、と言っても過言ではないだろう。

しかし、ドモス王国が急速に大きくなったことに危機意識を持ち、西国諸国は自然と同盟していた。その中心となったのが、内陸にある森と湖の国といわれたイシュタール王国である。

約十四年前から、時の王太子フィリックスが、周辺諸国と積極的に婚姻を結び、作り上げたのが今の形だ。

バロムリスト王国もその一員である。

ドモス王国と国境を接して、その侵攻がいよいよ現実味を帯びると、反ドモス王国の巨頭である二重王国と、西国諸国が接近するのはごく自然な流れといっていいだろう。

「いよいよ、これで決戦の準備が整ったということよね」

アーゼルハイトの確認に、シハラムは頷く。

「御意」

そこにレジェンダが、ためらいがちに口を挟む。

「あの〜いいかしら？」

「なに？」

アーゼルハイトはティーカップを持ったまま、優雅に促す。

ピンクの豊かな頭髪を掻きむしりながらレジェンダは、言いづらそうに口を開く。

「あたしにとって、ドモス王国は仇だ。あんたたちが戦うというなら、あたしが真っ先に切り込んであげる。でも、この国には恩があるから、一言だけ言わせてもらうけど、ドモス王国は強いわよ。そして、たとえ一度は勝てたとしても、それで終わる訳じゃない。その辺のところ考えてる？」

ドモス王国と十年間闘って滅亡した国の王女様の言である。やはり重い。

アーゼルハイトは説明してやれ、と言いたげにシハラムに視線で促す。

「ドモス王国との接触は俺としても試みた。しかし、木で鼻をくくるような反応しかなかった。かの国は本気で、大陸中の国々をすべて滅ぼして、世界を征服するつもりでいる」

シハラムの見解に、珍しくヴィクトワールが口答えをした。

「世界がドモス王国によって一つになる。それで戦争がなくなり平和になるなら構わない、というのが朱雀神殿、とりわけユーフォリア様のお考えのようです」

「姉上の見解は、一つの理想だ。しかし、対外戦争がなくなっても内乱が起こるかもしれないし、中央だけが栄えて地方が不幸になる体制が作られるかもしれない。また、ドモス王国の一国支配ができるまでにまだまだ時間がかかるだろうし、その間、二重王国や西国諸国に裏切り者として目の仇にされたのではかなわない。我々はバロムリスト王国の国民の生活を第一に考えねばならないのだ」

ドモス王国と闘っても、地獄。ドモス王国についても地獄。考えていると、胃がキリキリ痛むような事態である。

「まぁ、当面、わたくしたちはドモス王国と死力を尽くして戦うしかないってことよね。それで、作戦はどうなっているの？」

アーゼルハイトの方は至って平然とした顔で紅茶をすすった。

シハラムは重々しく説明を開始する。

「イシュタール王国を始めとした西国諸国連合は全面的な支援を約束してくれています」

「確かに西国諸国連合の支援は凄いわ。金銭の提供はもとより、人、船、矢、魔法宝珠、食料と、大量に送られてきています」

連日港に届けられる山のような物資に、レジェンダもいささか驚いているようだ。

アーゼルハイトは当たり前だ、と言いたげに応じる。

「まぁ、西国諸国はバロムリストを見捨てることは決してできないわ」

フレイアとは意味合いが違うのだ。と言わんばかりのアーゼルハイトの態度に、レジェンダはいささかムッとする。

二人が無意味な喧嘩を始める前に、シハラムが口を挟む。

「バロムリスト王国は西国諸国連合に加盟している。たとえ小国であっても、決して見捨てることはできない。もし、我らを助けなかったとあったら、西国諸国連合は有名無実化する。櫛の歯が抜けるように、みなドモス王国に靡くであろうからな」

ドモス王国が、外国の降伏を認めるときの条件は過酷だ。とはいっても、勝算のない戦いをよしとする者が、そうそういるはずがない。勝算なしと見極めたとき、どんな屈辱的な条件でも飲むだろう。飲まなければ、そんな国王など家臣領民から殺される。

「イシュタール王国は、一朝、この日のために十四年もの歳月をかけて準備をしていたともいえる。それを台無しにしないためにも必死になるさ」

西国諸国連合は、いや、その盟主たるイシュタール王国は、意図的にフレイア王国を盟友に加えようとはしなかった。

それは内陸にあるフレイアには満足な支援をできないという思惑があったに違いない。

それだけにバロムリスト王国の攻防こそが、西国諸国連合にとっての試金石なのである。

「つまり、ドモス軍が侵攻してくれれば、同時に西国諸国連合の同盟軍が多数やってくる。同時に二重王国も参戦するってことね」

アーゼルハイトの確認に、ヴィクトワールが青ざめながら呟く。

「凄く大規模な戦いになりそうですね」

「ああ、大陸中を巻き込んだ大戦争だろうな」

シハラムも頷く。そこにレジェンダがさらに懸念を表明する。

「でも、十年前と違って、東との連携は薄くなりそうね。ラルフィント王国の内紛はまだ終わらないのでしょう。今度はレナス家が介入してくることはないと思うわ」

「ミラージュ城の攻防が鍵となっているようですね」

雲山朝に寝返ったレナス家が、山麓朝の要所ミラージュ城を攻囲してずいぶんになる。

絶対的な不利に思われた山麓朝側だが、意外に善戦しているらしい。ヘリオードなる勇者の名前が聞こえてくる。

「しかし、十年前と異なり、ドモス王国の東部戦線はずいぶんと後退しています」

インフェルミナ、バザンは独立。クロチルダ、ネフティスは内乱状態である。

「一度は滅亡して、どうにか再建された、一揆に毛の生えたような国々じゃない。それらの国々に遠征能力があるとは思えないわ」

「ごもっとも。我々としてもかの国々に援軍は期待しておりません。とりあえず、ドモス軍の東を不安定にしてくれているだけで十分です」

シハラムの説明を聞いていたアーゼルハイトが、ふいに何やら思いついたらしい。

「そういえば、雲山朝の国王は女だったわよね」

「ニルヴァーナ陛下という女傑だと伺っています」

「同じ女王としての誼で、手紙の一つも書いてみましょうか？　仲良くしておいて悪いことはないでしょ」

手紙を書いたからといって、何か変わるとも思えないが、シハラムとしては反対する理由もない。

「それもよろしいでしょう」

そこにレジェンダは苦々しく吐き捨てる。

「あともう一つの懸念は、西方半島の空気を読めないハイエナどもよ」

西方半島の覇者フルセン。その国王エルフィンは、ドモス王国ロレントにでも憧れているのか、とにかく領土欲が旺盛だ。よく言えば小覇王。悪く言えば盗賊王である。

フレイア王国がドモス王国と闘っているときに、背後からチョロチョロされて、いかにも迷惑をした。

今、世界は明確に、ドモス王国と反ドモス王国に分裂しているというのに、かの国はどちらにも与せずに漁夫の利を狙おうとしているのが見え見えなのだ。

「このたび、二重王国との同盟が正式となったことで、エトルリア王国のリカルド殿が、水軍を率いて駆けつけてくれるそうです。もはやそちらの心配は不要でしょう」

アーゼルハイトは、紅茶をテーブルに戻し、優雅に笑う。

「西国連合なんてものがどこまであてになるかわからない上に、いつこちらの寝首をかいてくるかわからない二重王国と手を組み、左手で狂犬を払いながら、強大な敵と闘わなくてはならない。……おにい様が国王になりたくないって、逃げた理由がわかるわ」

「別に困難だから辞退したのではありません。それがしは臣下の家系です。節度というものを重んじた結果です」

「あ～、はいはい」

アーゼルハイトは投げやりに応じる。

「レジェンダ。わたくしだって、戦争なんて非経済的なことやりたくはないわよ。でも、相手が仕掛けてくるのに、座して死ぬつもりはない。わたくしは国王であり、この地を守る義務がある」

「立派な心がけです」

シハラムは賛同した。

姿勢を正したアーゼルハイトは、テーブルにつく従姉妹たちの顔を見る。

「ということだから、バロムリスト王国はドモス王国と生死をかけた戦争をすることになる。あなたたちも覚悟してもらうわよ」

レジェンダは力強く頷いた。

「もとより、この命は捨てている」

ヴィクトワールも健気に頷く。

「わたくしも、五年前からここを祖国と心得ております」

二人の視線を受けて、アーゼルハイトはシハラムを見る。

「ということだから、おにい様。わたくしたちの命、好きに使っていいわ。いざとなったら、三人揃ってドモス国王の寝所に潜り込んで、暗殺を試みてもいい」

「ご冗談を」

アーゼルハイトの軽口に、シハラムは冷汗を流す。

この美しき美姫たちの命運が、自分の双肩にかかっているのだと思うと、いやが上にも緊張する。

そこに自分の軽口にアーゼルハイトは閃いたらしい。

「あら、暗殺というのは盲点だったわね。戦争っていうのはリスクが多いわ。だから、いっそえーとなんといったかしら？　夜鳥衆だか、罪華だかを雇って、ドモス国王を暗殺させる、というのはどうかしら？」

「暗殺がそんなに簡単にできるのでしたら、もっと早くいずれかのものが成功させているでしょう」

「そうね」

アーゼルハイトも言っただけというところだろう。諦めたように溜息をついた。

「ご心配なく、皆様は必ず、それがしが守ってみせます」

シハラムは力強く頷いた。

「とにかく、戦が避けられるに越したことはありません。わたしは朱雀神殿の姉上を通じて、できる限りの落とし所を探ります」

「そうしてちょうだい」

戦争は避けられないと誰も察していたが、その時が来ることを一刻でも遅くすべく、シハラムは出来る限りの弥縫《びぼう》策を講じることになる。

しかし、その苦心の策を台無しする事態が発生してしまう。

※

「ドモス王国からリュシアン将軍が亡命してきました」

シハラムの報告に、レジェンダが机を叩いて立ち上がる。

「リュシアンって、あのリュシアン？」

「ああ、キミの従兄のリュシアンだ」

フレイア王国最後の国王マドアスの兄ウルベインの息子で、レジェンダから見ると従兄にあたる人物だ。当然、アーゼルハイトから見ても母方の従兄ということになる。

五年ほど前に、あの軍事の天才と言われるフルセン国王エルフィンを撃退してフレイア王国を救った英雄だ。それゆえに、マドアスに疎まれてドモス王国に亡命。

祖国を裏切ったというのに、悲劇的な人生は、フレイアで人気があるらしい。

「でも、なんであいつがいまさら、バロムリストに来るのよ。ドモス王国でよろしくやっていたんじゃないの？」

レジェンダの疑問はもっともだ。

ヴィクトワールが朱雀神殿を通じて得た情報を、困惑顔で披露する。

「なんでも大変女癖の悪い方のようですね。ドモス国王の第二王女ドラグリアに夜這いをかけて失敗したとか、王太子の側室シュルビー公女ルシアナと通じたとか言われています。それで、命の危険に晒されて逃げてきたとか」

「へぇ～わたくしの親戚にも面白い人がいるのね～」

目をパクチリとさせるアーゼルハイトは、本気で面白がっているようだが、シハラムは苦い顔で吐き捨てる。

「どこまで本当かわからない艶笑譚と聞き流したいところですが、その御仁が迷惑極まりないことに我が国に逃げ込んできたのです。いかがしましょう？」

「まさか、ドモス王国に追い返す訳にもいかないでしょう」

「御意」

曲がりなりにもアーゼルハイトの従兄である。そんな存在を、殺されるとわかっているところに追い返す訳にはいかない。

「それじゃ、これが始まりね」

「そうなりますね」

かくして、積木は崩れた。一人の放蕩児の行動によって、世界は一気に動きだす。

※

「ずいぶんと集まったわね」

出陣式に臨んで、城の物見台を前にアーゼルハイトは慨嘆した。

いつ始まるか、と世界中の人々が固唾を飲んで見守っていたドモス王国と反ドモス勢力の戦い。

二重王国とドモス王国の戦いの主戦場は、メリシャント地方である。裏として、ヴィーヴルでも戦った。

しかし、十年もの長期戦により、これらの地は互いに強力な防衛線が敷かれてしまっていた。いまさら動きようがない。

ここにきてドモス軍がフレイアを占領である。そこを突破口にしてくることは自明のことだ。

「あたしの従兄のために迷惑をかけて申し訳ありません」

レジェンダは心底申し訳なさそうに頭を下げる。アーゼルハイトは首を横に振るった。

「わたくしにとっても従兄よ。このたびの事件はきっかけに過ぎない。かのお騒がせ将軍をひっ捕らえてドモス王国に突き出しても、戦争は避けられなかったでしょう」

「御意」

シハラムは心から同意した。

「それなら、軍事的に活用させてもらった方がマシよ。かの将軍殿は、私生活には問題があっても、軍事的才能はあって、しかも強力な傭兵団を持っている。せいぜいこき使わせてもらうわ。おーほほほ♪」

アーゼルハイトはわざとらしく高笑いをした。

（レジェンダの心労を軽くしてやるために、わざと露悪してみせたな）

従姉妹の気遣いを、レジェンダも察したのだろう。こちらにも艶やかに笑ってみせた。

「ええ、存分にこき使ってやるといいわ。あんなやつ戦争で使わないと、社会の害悪にしかならないんだから」

「……そこまで言われるって、いったいどういう方なんでしょう」

ヴィクトワールが困惑したように眉を寄せる。

ドモス王国が動いたという情報に対して、西国諸国連合の動きは速かった。

この秋《とき》があることを覚悟していたイシュタール王国のフィリックスを中心として、五万にもなんなんとする人々が、バロムリスト王国の王都ガラテイアに集まった。

もちろん、すべてが兵士という訳ではない。

雑役の人夫もいれば、傭兵もいる。個人ではなく傭兵団という組織で参加している者もいる。ちなみに女戦士の養成所として名高い『水晶宮』は反ドモスで知られており、このたびもかなりの人数を派遣してくれていた。

これだけの人数が集まったことは、バロムリスト王国の歴史上、空前のことであろう。そして、絶後のことであって欲しかった。

「それにしても凄い人です。こんなに大勢の人、初めて見ました」

普段から朱雀神殿の巫女として、大勢の信者を見慣れているだろうヴィクトワールをしてこの感想である。

「ええ、わたくしも、初めて」

　さすがのアーゼルハイトも、城の前を埋め尽くす群衆に畏怖されているようであった。

　シハラムが窘める。

「それだけ重要な戦だとみなが認識しているのだと思います」

「そう、このたびの戦、勝敗如何で歴史が変わるわね」

「御意」

　考えたくはないが、ここまで準備した軍勢が敗北するようなことになれば、ドモス王国の勢いを止める手段はなくなるだろう。

　バロムリスト王国が瞬く間に滅亡するのは必至であり、西国諸国、二重王国、そして、内乱中のラルフィントであろうと、滅亡は時間の問題となる。

　戦乱の中で育ったレジェンダは、二人よりも落ちついていた。

「数は力だわ。これだけの人数がいれば、心強いことは間違いない。今のドモス軍がフレイアにこれだけの兵力は割けないと断言できる。でも、油断はできないわよ。上の人たちの思惑はともかく、兵士たちにとって、所詮は他人事よ。矢面に立って闘うのはわたしたちということになる」

　レジェンダのシビアな認識に、シハラムは全面的に同意した。それから一礼して、主君を促す。

「お言葉をお願いします」

アーゼルハイトは大きく息を吸い、胸を張った。

「いよいよ来たわね！　ドモス王国と雌雄を決するときが！　頼りにしているわよ、シハラム‼」

「はっ、お任せを。すべては女王陛下のために……」

拝礼するシハラムの傍らを、王笏を持ったアーゼルハイトは、胸をそびえさせて進んだ。

その後ろに前国王ドレークハイト。大将軍シハラム。元セルベリア王国の王女にして朱雀神殿の巫女ヴィクトワール。元フレイア王国の王女レジェンダといった面々が付き従う。

小さなゲージをくぐって露台に立つ。

「うあ――――！」

「聖処女王陛下、ばんざい」

露台の下から割れんばかりの歓声が上がる。

耳をつんざく歓声の中、眼下を見下ろしたシハラムはふと考える。

(もしかしたら後世、我々は時代の変化に対応できなかった守旧派と目されるのではないか……？)

そんな後ろ向きの思考を刺激されていたときである。

アーゼルハイトは王笏を高く掲げた。それを受けて観衆はピタリと静まり返った。

「勇士たちよ！」

アーゼルハイトの威厳はあたりを圧する。

「今、我々は分岐点にいます。ドモス王国による世界統一か、それとも小国による対等な同盟か。ドモス王国によって、世界が統一されたとき、果たしてよい世界が訪れるか？　戦争はなくなり、親を子を友人を恋人を失う機会は激減するか？」

「……」

胸を張ったアーゼルハイトは傲然とあたりを睥睨する。

「わたくしはそうは思いません。なぜなら、わたくしはドモス国王ロレントという人物を信用できないからです。謀略と騙し打ち、なりふり構わぬ手段で闘う方をどうして信用できるでしょうか？　女子供の涙によって築かれた世界にいかほどの価値があるか？　ドモス王国の方々は、自らの所業を胸を張って歴史に記し、子々孫々に語ることができるのか？」

「……」

「わたくしは、世界が平和であればいいと願う。それは何も一つの国家である必要はないのです。隣国同士尊重し、助けあえば、十分に豊かな生活を送れます。そのことは今までの西国の歴史が証明している。この平和な土地に、ドモス王国の野蛮な理屈を持ち込んでもらいたくはありません。だから闘います。どうか皆さんにも力を貸してもらいたい」

アーゼルハイトは芝居がかった仕草で、外連味たっぷりに演説する。

「わたくしたちは歴史に証明しなくてはならない。騙し打ちや謀略、悪逆非道な手段を使う悪党に未来はない。正義は勝つのだ、ということを。人類の平和と安寧のため、戦いましょう。正義のために！」

「正義のために！」

アーゼルハイトの言葉に、群衆は呼応する。

「聖処女王陛下ばんざい」

女王陛下の激励を受けて、この女王のために死のう、と決意した兵士たちが、奇声を上げ、中には啼泣している者までいる。

(さすがだな)

アーゼルハイトの扇動者ぶりに、シハラムはいささか舌を巻いた。

やはり生まれながらのカリスマ性を持った存在なのだろう。

単なる我儘で手のかかるお嬢様ではない、ということを再認識させられた。

大いに盛り上がっている聴衆に向かい、アーゼルハイトは王笏を横に薙いだ。

静まれ、というジェスチャーに従って、観衆は再び静かになる。

「みなにだけ血を流させる訳にはいきません。みなに先だって、わたくしも血を流すことといたします」

「……」

戸惑う民衆に、アーゼルハイトは堂々と口を開く。

「かつてインフェルミナの地からドモス軍を駆逐したアリオーンとグレイス王妃の故事にわたくしも倣います。朱雀の神に、乙女の生き血を捧げます」

何を言い出したんだ。

重臣一堂は唖然としたが、遮る訳にもいかない。

アーゼルハイトは背後に振り返ると、にっこりと笑う。

「シハラム卿。わたくしの貞操を神に捧げるための手伝いをしなさい」

「えっ⁉」

完全に意表を突かれたシハラムは硬直した。

その周囲で、前国王ドレークハイトが率先して拍手を始め、それに重臣、そして、国民も倣う。

（こ、これは……謀られた……）

国民の前で女王自らが宣言してしまったことを、撤回させることもできない。

戸惑うシハラムに向かって、とんでもなく玲瓏で美しい笑みを浮かべたアーゼルハイトは、右腕を取った。

シハラムの肘が、我儘おっぱいの狭間に沈む。

「うふふ♪　では、おにい様。寝所に参りましょう。わたくし、初めてですから、お手柔らかに頼みますわ」

有無を言わさぬ強引さでアーゼルハイトは、寝室へ歩んでいく。

※

「はぁ～、これでようやく、聖処女王なんて糞恥ずかしい呼称から解放されるわ」

寝室に入ったアーゼルハイトは、ようやくシハラムの腕を離すと、両手を広げて伸びをする。

「お、お前な……そんなに聖処女王って呼称が嫌だったのか？」

呆れるシハラムに、アーゼルハイトはためらわず応じる。

「ええ、イヤ。身の毛がよだつほどに。今回は汚名を返上するのに、最高の機会が訪れてラッキーでしたわ」

「……」

国の命運をかける一戦を、処女を捨てる口実にしてしまうのは、いささか不謹慎であろう。

多くの人命を預かる立場として、とてもではないが同意しかねるシハラムの目前で、アーゼルハイトは楽しくてたまらないと言いたげに、両腕を広げて舞ってみせる。

「うふふ、人はなぜ破瓜の血に神聖さなんてものを求めるのかしらね。個人的にはバカらしいと思うんだけど、ここでわたくしが処女を捨てることによって、全軍の士気が上がる、というなら、おにい様にとっても、まことに結構なことでしょ？」

「そりゃ～まぁ」

視線を逸らしたシハラムは奥歯にものが挟まったように、応じる。

そんな態度に、アーゼルハイトは気分を害したようだ。口元を尖らせる。

「もう、おにい様ったら、いったい何が不満なの？　こんな美人とやれるのよ。むしろ、役得と喜んで欲しいわ」

「不満という訳ではなく、だな」

シハラムは改めて、目の前のアーゼルハイトの顔を見る。

造形美としてケチのつけようのない完璧な美貌がそこにあった。

月の光を糸として編み込んだような輝く長髪に、切れ長の目元、けぶるような睫毛に、緑色の瞳。

すっと通った高い鼻梁に、赤い唇。鋭利な顎のライン。

豪奢なドレスに包まれていてもわかる突き出た乳房、引き締まった腹部、吊り上がった臀部に、長い足という、抜群のスタイルだ。

泉の女神か、月の女神か、いずれにせよこの世ならざる美貌。

癖は強そうではあるが、絶世の美女であることを否定する者は、おそらく、この世界にいないであろう。

しかし、それゆえに魔性を感じずにはいられない。

手を出したら最後、男は決して逃げられない。尻の毛まで抜かれるのではないか、と思わせる怖さがある。

綺麗すぎて、手を出すのをためらうというタイプの女だ。

「俺はお前を守ると誓った。俺の忠義のすべてを捧げる。しかし、それは騎士として、臣下としてのものであってな……」

「え～い、グダグダグダグダと情けないですわ。おにい様、いい加減に覚悟を決めてくださいな。もし、このままわたくしの破瓜の証を示さなければ、兵士たちの士気は激減して、闘わずして敗北しますわよ！」

　一喝されて鼻白むシハラムの首に、アーゼルハイトの両腕が巻きついた。

　鼻先で、色鮮やかな唇が開閉する。

「だいたい、朱雀神殿の未亡人シスターやヴィクトワールやレジェンダとやったくせに、わたくしとはやらない、という理屈がわかりませんわ」

「いや、だから、お前はこの国の主で、俺は守るのが仕事であり義務」

　なおも言い訳をしようとした、シハラムの両頰を、アーゼルハイトの手のひらが挟んだ。

　そして、炯炯とした瞳で睨み上げてくる。

「これはもはや主の名誉に関わることですわ。おにい様の騎士道とは、主君に恥をかかせることですの？」

「……」

　確かにあんな大見得を切って、寝室に入ったのだ。

　破瓜の証を持っていかなければ失望されてしまうだろう。

　怖いほどの美貌を誇る小娘の、強すぎる眼光に、シハラムは屈した。

「お、仰せのままに……」

「よろしい♪」

満足げににっこりと笑ったアーゼルハイトは、そのまま背伸びをして、シハラムに唇を重ねてきた。

「うむ……」

シハラムはなすすべもなく受ける。

アーゼルハイトの両腕がシハラムの身体を強く抱き寄せ、互いの前面が密着。凶器のように前方に突き出した乳房が、男の胸板で潰れる。

「ふ、ふむ、ふむ、あ……」

アーゼルハイトの舌が、強引に男の口内に分け入ってくる。

さながら毒蛇の舌のようにチロチロと前歯を舐め、さらに男の舌を搦め捕った。

チュパ、ジュパ、チュパ。

女主導で舌が絡みあい、唾液が交換される。

接吻しながらアーゼルハイトがグイグイと押してきたものだから、その圧力に負けて、シハラムは後ろに下がっていき、やがて膝の後ろに障害物がきた。

バランスを崩して仰向けに倒れると、アーゼルハイトもバランスを崩して、一緒に倒れ込んでくる。

ドスン！

背中に柔らかい弾力があった。

どうやら、寝台に仰向けに倒れたらしい。膝の後ろにあたったのは寝台の角だったようだ。

仰向けになったシハラムの上に、アーゼルハイトはうつ伏せになっていたが、接吻は途切れた。

唾液に濡れた赤い唇を舌舐めずりしながら、アーゼルハイトは楽しげに笑う。

「おにい様、これがわたくしのファーストキスですわ」

「……」

得意げなアーゼルハイトを前に、どう応えていいかわからず沈黙していると、頬をつねられた。

「光栄でしょ？」

「ああ、幸甚の至り」

ふん、と不満げに鼻を鳴らしたアーゼルハイトの右手が、シハラムのズボンの上から股間を捕らえる。

「あらあら、嫌がっているわりには、身体は正直ね」

「そりゃ、まぁ……なんだ……」

決まり悪く言葉が出ないシハラムを、アーゼルハイトは嘲笑する。

「うふふ、聖人ぶっているのは表向き、おにい様の下半身は、節操なしの野獣だということはもうわかっているんですわ」

朱雀神殿の未亡人シスターと遊んでいたことや、現役の聖女ヴィクトワール、副官のレジェンダに手を出したことで、シハラムへの評価は急降下しているらしい。

「でも、おにい様はわたくしのものなのですわ」

シハラムの腰の上に跨がったアーゼルハイトは、上体を起こした。わざわざいきり立つ逸物の上に座り込んだらしい。

絶世の美女の股間によって、逸物に圧力がかかる。ショーツ越しの熱が伝わって、否応なく男は昂ってしまった。

「ふふふ……あらあら、何を動揺しているの？」

シハラムの顔を見下ろしたアーゼルハイトは嘲弄する。

「今日は、セ、セックスをするんですからね。手抜きは許しませんわ」

白き頬に薔薇色を乗せたアーゼルハイトは、青きドレスの胸元をはだけた。

青い生地に、精緻な透かしの入ったブラジャーがあらわとなったが、アーゼルハイトはそれもためらいなく外す。

プルンと痩身とは裏腹な爆乳があらわとなる。相変わらず重力に完勝している上向き乳房であった。

「手抜きとはなんのことだ？」

「先日のことです。わたくしのおっぱいに触れただけで、その……な、舐めてくださらなかったじゃありませんか？　おっぱいとは殿方にしゃぶられるためにあると聞きますわ。今日こそは舐めていただかないと、ここから先には進ませませんわ。よって、処女もあげませんわ」

男の上に馬乗りになったアーゼルハイトは、顔を真っ赤にして言い募る。

（いや、別に欲しくはないんだが……）

と口にするのは憚《はばか》られる。実際、やりたくない訳ではないのだ。

臣下として、そこまでするのはどうか、というためらいを捨てきれないが、結局、シハラムは従うことにした。

「すべては主のために……」

両手を伸ばしたシハラムは、ただでさえ上向きの乳房を二つとも掬い上げた。

「あっ……」

思わず声を漏らすアーゼルハイトの乳房は弾力に満ち、手に吸いつくようだ。

魅せられたシハラムは、上体を起こすと、二つのピンクダイヤモンドのような乳首のうち、まずは右側を口に咥えた。

「くっ……そ、そうですわ♪　おにい様はわたくしのおっぱいをしゃぶるのがお似合いなんですわ♪　はぅ♪」

相変わらず、強気なわりには感度の良すぎる身体である。

身悶えるアーゼルハイトの乳首を、貪りながら舌先で捏ね回す。

舐めしゃぶっているうちに、硬度はどんどん上がり、それこそダイヤのように硬くなる。

女の乳首は勃起してから本当に敏感になることを知っているシハラムは、そのコリコリに硬くなった乳首をチュ――――ッと吸引した。

「あ、す、凄い。乳首を吸われるって、こんな感覚でしたのね。ああ、胸の奥から熱くなって、ぼ、母乳が出そう♪　母乳をおにい様に吸い出されそう……」

「キミは出ないでしょ」

狂乱するアーゼルハイトの態度に、いささか呆れたシハラムは一旦、乳首から口を離して窘める。

「そ、それはそうですけど……で、でも、そのうち出しますわよ。おにい様に、出すようにしていただきます。ああ、乳首がジンジンして、ああ、気持ちいい♪　お願い、もっと吸って、いっぱい吸って、わたくしのミルクを搾り飲んで♪」

宝石のような乳首に気を取られていたシハラムは、何やら聞き捨てならない台詞を言われたような気もしたが、聞き流してしまった。

絶世の美人でありながら、我儘で振り回して、何かとパワハラしてくる上司を身も世もなく感じさせるというのは、やはり小気味いいものだ。

「うふふ、アーゼルハイトはほんと、女王様ぶるのが好きなわりに、責められると弱いな。敏感な身体だ」

牡として征服欲を大いに刺激されたシハラムは、執拗に乳首を舐めしゃぶった。

咥えていない方の乳首は、指で抓んで素早くシゴキ上げる。

「ああ、ああん、ああ……、ち、乳首が、熱い。熱い、こんな、乳首から変に、変になっちゃう！　もう、もう、もう、ああああ!!!」

信頼する部下に乳首を執拗に責められたアーゼルハイトは、顔を真っ赤にして涙目になってしまった。

ビク、ビクビクビク……。

スレンダーな体躯が痙攣している。

どうやら、この若く尊大な女王様は、乳首責めだけで呆気なく絶頂してしまったらしい。

(とりあえず、一仕事終了だな)

シハラムは乳首から口と手を離すと、アーゼルハイトの背中を抱き締めてやりながら仰向けに倒れる。

「はぁ……、はぁ……、はぁ……」

男の胸に顔を埋めながら、荒い呼吸をしているアーゼルハイト。その背中にかかった、極上の絹を三つ編みに結い上げたような黄金の頭髪を撫でてやる。

やがて落ちついたらしいアーゼルハイトは、頬を赤く染めながらも、上目遣いに見上げてくる。

「き、気持ちよかったですわ。さすがはおにい様、スケコマシなだけはあります。こうやって多くの女を泣かせてきたのですわね」

「……」

シハラムは軽く肩を竦める。

「ふん」

アーゼルハイトは気分を害したと言いたげに鼻を鳴らして、上体を起こす。

「今度はわたくしがやって差し上げますわ」

「お、おい……」

戸惑うシハラムに、年齢には相応しくないコケティッシュな笑みを浮かべたアーゼルハイトは、いささか焦っている風情で、シハラムの胸元を開いた。

「これがおにい様の胸板。やはり、厚いですわね」

アーゼルハイトは興味深そうに、ぺたぺたと男の胸を触り、撫で回す。

生まれたときから知っている妹分だ。こうなったら気が済むまで、好きにさせるしかないだろう。

諦めたシハラムは、黙って身を預ける。

「うふふ、おにい様ったら、そんなにわたくしに苛められたいのですわね」

それから何を思ったか、男の右腕を上げさせると、服の中に顔を突っ込み、腋の下の匂いを嗅ぎだす。

「こら」

くすぐったさに暴れようとするシハラムを、アーゼルハイトが窘める。

「女王の命令よ。そのままじっとしていなさい」

「そうは言うが、くすぐったいぞ。あ、こら、そんなところを舐めるな」

シハラムの懇願は無視され、アーゼルハイトはさながら猫がミルクを舐めるが如く執拗に男の腋の下を舐め回した。

「ああ、これがおにい様の匂いですのね。た、たまりませんわ♪」

男の腋の下を舐め回しながら、高く掲げられた尻が、クネクネと左右に揺れる。

やがて満足して顔を上げたアーゼルハイトの顔は、まるで酒にでも酔ったかのように赤くなっている。

実際に、処女娘が初めて嗅いだ牡の匂いに酔ってしまったのだろう。

「うふふ、おにい様はわたくしのモノですわ。そのことを今、その身に刻み込んで差し上げます」

そう嘯いたアーゼルハイトは、白い歯を剥いた。

そして、カプリと男の胸にかぶりついてくる。

「こら、噛むな。痛いから」

驚くシハラムの胸に、アーゼルハイトはガツガツとその凶悪な歯を立てていく。

「うふふ、おにい様の肌に、歯型がつきましたわ。このような暴挙が許されるのはわたくしだけですわね」

確かに朱雀神殿の未亡人シスターや、レジェンダ、ヴィクトワールがこのような暴行を行ったなら、ただちに振り払ったことだろう。相手がアーゼルハイトだからこそ、痛くても我慢した。

「うふふ、おにい様はわたくしに逆らうことができない。なぜなら、わたくしが女王で、おにい様より偉いからですわ」

　さながら血を吸ったあとの女吸血鬼のような恍惚とした笑みを浮かべたアーゼルハイトは、ゾクゾクすると言いたげに身震いする。

　それから立ち上がった。

　シハラムの頭を跨いで立つと、両手で青いスカートをたくし上げる。

「おにい様、見て」

　細く長い足の付け根は、青いお洒落なショーツに包まれていた。そのまたぐり部分には大きな染みができている。

　いや、白い太腿の内側を幾匹もの小さな蛇のように、透明な液体が這っていた。

「っ⁉」

　まさに発情している牝の下半身を見せつけられて、シハラムは生唾を飲む。

「うふふ、おにい様のせいでこんなみっともないことになってしまいましたわ。バロムリストの女王たる身が、まるでお漏らししたみたいで、恥ずかしいですわ」

　恍惚とした表情のアーゼルハイトは、指先でショーツの上から股間を撫でる。

「責任取ってくださいますわよね」

「ああ」

「前回のように指でクリトリスだけを弄るというのはナシですわよ。わたくしのオマ〇コを隅々まで舐めてくださいましね」

　両手をスカートの中に入れたアーゼルハイトは、青いショーツをスルスルと下ろした。

　シハラムの鼻先にまで濡れて匂い立つ布切れを下ろしてから、片足ずつ上げて、抜き取る。

　ショーツを投げ捨てたアーゼルハイトは、両手で股間を押さえながら質問してきた。

「ああ、おにい様、舐めたいですか？　わたくしのオマ○コ」

「ああ、舐めたい。舐めさせてくれ」

「仕方ありませんわね。おにい様の願い、叶えて差し上げますわ」

　どう見てもアーゼルハイトの方が、もはや我慢の限界といった風情だが、どこまでも傲慢に膝を開いて、腰を下ろしてきた。

　シハラムの眼前で、股を開いて腰を下ろし、蹲踞の姿勢になる。

　当然、シハラムの鼻先に、珊瑚で作られたような陰唇がくる。

　ポタポタと熱い滴が、シハラムの頬にかかった。

　発情しきった牝の生殖器に、シハラムは顔をつけようとしたが、その額をアーゼルハイトに手で止められた。

「まだ舐めてはいけませんわよ」

　美味しい肉を、犬の前に放り投げて、「マテ」を命じている。

　そんな風情で、女王様は嗜虐的に舌舐めずりをした。

「このあいだ、おにい様がここを集中的に悪戯したせいで、形が変になってしまいましたわ。よく見てご覧なさい」

前回は完全な包茎だった淫核だが、今は中身が顔を見せていた。どうやら、仮性包茎に成長してしまったようだ。

まるで鬼の角のようにニョキと顔を出している。

「それはすまないことをした」

「本当ですわ。まったく責任を取っていただかないと……」

男の鼻先で蹲踞の姿勢となり、淫核はもとより、尿道口、膣孔、さらには処女膜まで晒しながら、アーゼルハイトは、嗜虐的に微笑む。

ヒクヒク。

真円環状処女膜が開閉し、中から糸引く濃密な液体が滴り、男の顔を汚す。

「おにい様にそこを弄られると、わたくし気が変になってしまいますから……好きにはさせないわ」

前回のクリトリス一点責めで、よほど懲りたらしい。

「だから、舌をお出しなさい。わたくしが勝手に腰を使わせてもらうから」

「承知しました」

シハラムは素直に舌を出した。

「それじゃいくわよ。あ、はん♪」

膝を開いたアーゼルハイトは腰をさらに落とした。濡れた陰唇が、シハラムの顔を覆う。濃厚な牝の匂いで顔中を覆われる。

その状態でアーゼルハイトは腰を前後に動かした。

「あは、いい、いい感じですわ。おにい様の顔が、わたくしの垂れ流す液体で、ドロドロになっている。あは♪」

いわゆる顔面騎乗というやつであろう。

男の舌や鼻に、アーゼルハイトは自らの敏感な部分を押しつける。

サラサラと薄い陰毛でシハラムの顔が掃かれた。

「あ、あや、これって、まるでおにい様の顔を使ってオナニーをしているみたい。あの誇り高いおにい様が、わたくしの股の下で、こんなだらしないことになるだなんて、あはっ、こんなとこを許されるのは女王たるわたくしだけですわ」

男の顔面に思う存分、陰唇を擦りつけて軽い絶頂に達したのか、満足したらしいアーゼルハイトは、動きを止めた。

そして、背後を窺う。

「高潔ぶっているくせに、おにい様ったら、ほんと変態なんだから……」

腰を下ろしたまま身体を反転させたアーゼルハイトは、両手を伸ばし、男のズボンから逸物を引っ張り出した。

「うふふ、これがおにい様のおちんちん、なんてイヤらしい形なのかしら♪」

肉幹を左手で持ったアーゼルハイトは、右手で顔にかかる頭髪を押さえながら、亀頭部に顔を近づけた。

「ねぇ、おにい様、このおちんちんでいったい、何人の女を泣かせてきたの？」

「さぁ……」

「数えきれないほどってことですの？　まぁ、いいですわ。本日は特別の好意でわたくしが舐めて差し上げます」

ペロリ。

クールで怖いほどに整った美貌のアーゼルハイトは、亀頭部の先端を舐めた。

「うふふ、美味しい♪」

どうやら、先走りの液を掬い飲んだようだ。

満足げな声を出したアーゼルハイトは、次いで亀頭部全体を舌先で舐め回し始めた。

「ピチャリ、ピチャリ、チュルリ、ジュルリ……うん♪」

初めての舌技だろうに、なかなかに上手い。いや、どんどん上手くなっていく。

(頭のいい女は、フェラチオ上手だ、と言われるからな)

たちまちのうちにコツのようなモノを掴んだのか、カプリと亀頭部を呑み込むと、ジュルジュルと卑猥な音を立てながら頭を上下させた。

それでいて、口が外れないように、肉冠の裏の部分で、唇をきっちり止めている。

「ふむ、ふむ、ふむ……」

技術は上がっていくが、口取りに集中するあまり、腰を動かすことは出来ないようだ。切なげに震えている。

見かねたシハラムは、その尻を抱え寄せて、陰唇を舐めた。

「うぐっ！　うむっ！　うむっ！」

口が塞がっているアーゼルハイトは、驚いたようだが、止めようとはしなかった。

そこでシハラムは入念に、処女陰唇を舐め回してやる。

アーゼルハイトもフェラチオをやめないから、女上位のシックスナインだ。

「ぷはっ」

ふいにアーゼルハイトは逸物から口を離した。

「さすがはおにい様ですわ。わたくしだって負けませんよ。知っているんですから、殿方がどうされると喜ぶか？　うふふ、おにい様もイチコロですわ」

そう嘯いたアーゼルハイトは、自らのスレンダーな体躯とは裏腹に、凶悪なまでに前方に飛び出て、しかも重力に圧勝している乳房を、左右から抱き寄せた。

そして、いきり立つ逸物を胸の谷間に抱き抱える。

(こ、これは……っ⁉)

弾力に満ち満ちた双乳の間で、逸物が揉みしだかれる。

「うふふ、おにい様ったら、ほんと、どうしようもなくいいかっこしいなんだから。素直にわたくしのおっぱいの中で果てるといいわ♪」

誰に教わったのか知らないが、なかなか練達なことである。

アーゼルハイトは、単にパイズリしているだけではなく、乳房の狭間から飛び出す亀頭部を舐めしゃぶった。

シハラムの方としても負けていられない。

膣孔に舌を突っ込んで、処女膜を舐め回しつつ、会陰部を指で揉みしだき、剥きだしの淫核も捏ね回した。

「あん、そんなところまで舐めるなんて、ああ、このバター犬！　躾がなっていませんわ。あん、そんなケモノ！　ケダモノ！　インモラルアニマルぅ～～～♪」

強気な性格とは裏腹に敏感体質の女王様は、潮を噴きながら絶頂してしまった。

それに合わせて、シハラムも絶頂する。

睾丸から溢れ出した、熱い血潮が肉棒を駆け上がり、誇り高き女王様の鼻先にある小さな孔から勢いよく噴出する。

どくん！　どくん！　どくん！

「ああ、ああ、あああ……」

ちょうど絶頂中で、身をのけぞらせていたアーゼルハイトの美顔が白濁に染まる。

「はぁ……、はぁ……、はぁ……」

男の上で潰れた蛙のようになってしまったアーゼルハイトは、半萎えの逸物に顔を埋めてしばし余韻に浸っていたが、やがて理性を取り戻すと、あたりに散らばっていた白濁液を舐め取り始めた。

「こらこら、女王様はそんなことをしなくていいんだぞ」

「いいの。おにい様の精液はわたくしのものなんですから……」

アーゼルハイトは半萎えの逸物を口に含み、尿道に残っていた残滓まで搾り取った。おかげでアーゼルハイトが口を離したときには、逸物は何事もなくそそり立ってしまう。

「うふふ、さすがはおにい様、絶倫ですわ」

満足げに頷いたアーゼルハイトは、シハラムを窺う。

「お遊びはここまでですわ。そろそろ本番といたしましょう」

「ああ、そうだな」

外では、大勢の人が、聖処女王の破瓜の報告を、今か今かと待ちわびているのである。そうそう待たせる訳にもいかないだろう。

「あ、おにい様は、そのまま仰向けになっているといいわ。自分で入れさせてもらうから」

「そ、そうか……」

初めてなのに騎乗位で入れるのは難しいと思うのだが、本人がやりたい、と言っているのだから、止めるのも憚られる。

シハラムは好きにさせた。

いそいそと身を起こしたアーゼルハイトは、シハラムの顔を見ながら蹲踞の姿勢となり、いきり立つ逸物の切っ先を自らの陰唇に添えた。

やや俯き加減になり、あとは腰を下ろすだけという姿勢で、アーゼルハイトは硬直する。

やはり、ためらいや恐怖があるのだろう。

シハラムは焦らずに待つ。

ややあってアーゼルハイトがためらいがちに口を開く。

「ねぇ、おにい様、このままじゃまるで、わたくしが逆レイプでもしているみたいで、落ちつかないわ」

いや、間違いなく、逆レイプだと思うけどな、と口にする勇気はない。

「だから、おにい様の方から懇願して、わたくしとエッチしたいって言いなさい。このおちんちんでわたくしを貫きたい。処女膜を破りたいって」

「……」

涙目で懇願してくるアーゼルハイトに、いささか保護欲をそそられたシハラムは素直に要望に応えた。

「アーゼルハイトの中に入れたい。アーゼルハイトの処女マ○コは俺のものだ」

「そ、そう♪　おにい様がそう言うのなら、仕方ないわね。わたくしの処女をあ・げ・る♪」

無理やり言わせておいて、満足したらしいアーゼルハイトは、覚悟を決めたらしく腰を下ろしていく。

ブツン！

「ひぃっ！」

確かに硬いものをぶち抜いた感触が伝わってきた。

そこからは女の自重により、逸物が沈んでいく。アーゼルハイトは慌てたようだが、腰に力が入らないらしい。

ズブズブと沈んでいく。

（くっ、さすがにきついな）

狭い隧道を、肉棒はこじ開けていった。

「ああ、思ったより太い。ああ、みっちり。下腹部がおにい様のおちんぽでいっぱいになってしまいましたわ。ああ、裂けそう。いや、もう裂けてしまっている。わたくしのオマ〇コは裂けてしまいましたわ〜〜〜」

「大丈夫か？」

気の強いアーゼルハイトの両目から滂沱の涙が流れだして、シハラムは慌てる。

「かなり、痛い。いや、凄く痛い、おにい様、もうダメ、死ぬ、死んでしまう。助けて！」

いや、助けてと言われても、このようなとき、男は無力だ。

アーゼルハイトの差し出してきた両手を、シハラムは握ってやる。

指を絡ませ、互いの手のひらを合わせる形。俗にいう恋人握りとなる。

「ああ、おにい様♪」

手のひらを合わせたことで、多少なりとも安心したのか、アーゼルハイトは身を反らせる。

「どお、おにい様、見える？　おにい様のおちんちんがわたくしの中に入った。ああ、これでわたくしはおにい様の女よ」

「ああ、そうだな……」

シハラムが頷くと、痛みに顔を歪ませながらも、アーゼルハイトは腰を前後に動かし始めた。

「無理をしなくていいんだぞ」

「ダメよ。おにい様にわたくしの中でイってもらいたいんですもの。ああ、痛い。すっごく痛い。でも、不思議、滅茶苦茶痛いのに、なんだか凄い幸せ……」

顔を真っ赤にして涙目になりながらもアーゼルハイトは恍惚と腰を使い続けた。

初めはギコチなかったが、やがて痛みに慣れてきたのか、腰使いがスムーズになってくる。

「ああ、おにい様のおちんちんに、わたくしのお腹の中がかき混ぜられる。ああ、おにい様のおちんちん美味しい。わたくしのオマ○コにぴったり合いますわ」

痛みと快楽が綯い交ぜとなって、理性を奪っているのだろうか。滂沱の涙を流しながら、アーゼルハイトは歓喜している。

「ああ、発情期の犬のように腰を振ってしまって……はしたない。でも、おにい様がいけないのですわ。こんなに気持ちいいおちんちんを持っているんですもの……ああ、おにい様、早く射精してくださいませ、このままではわたくし、本当に死んでしまいそうで……ああ」

物凄い痛いのを、無理やり気持ちいいと思い込もうとしているようだ。

シハラムとしても、女王を苦しめるのは本意ではない。早く射精することに集中する。

（しかし、あの生意気なアーゼルハイトも、こうなると可愛いというか、いや、滅茶苦茶可愛い）

容姿に優れた女性は、膣孔の形まで優れているということだろうか。

入り口付近は意外と緩いのに、奥にいくほどによく締まる。それでいて膣壁はブツブツしている。

俗にいうカズノコ天井というやつなのだろう。

「くっ、アーゼルハイト、出すぞ」

「ああ、はい。いっぱい、いっぱい出してください。ああ、凄い、おちんちんが震えている。ああ、くる、くる、くる――――!!!」

ドビュ――――!!!

女の最深部に向かって、熱い血潮が吹き上げた。

「あああ――――!!!　おにい様、大好き――――!!!」

細い顎を上げたアーゼルハイトは大きくのけぞり、そして、逸物の強度が失われると、強く握り締めていたシハラムの手を離し、そのまま仰向けに倒れた。

ビクンッ！　ドクンッ！　ビクンッ！

大股開きのまま惚けたアーゼルハイトは、背をのけぞらせて痙攣していたが、やがて膣孔からドロリと白濁液が溢れ出し、白いシーツには朱雀が羽根を広げたかのように、赤い血飛沫が舞っていた。

かくして勝利を祈願して、聖処女王の破瓜の血は、朱雀神殿に奉納される。

第六章　女王陛下の旗の下に

「神の恩寵が勇士たちの背にあらんことを」

バロムリスト女王アーゼルハイトが、王笏を高く掲げた。

「おお、アーゼルハイト陛下、ばんざい」

兵士たちは武器を掲げて、雄叫びを上げる。

場所はドモス王国フレイア地方とバロムリスト王国の国境であった。

以前、シハラムが、レジェンダを救出した場所とほとんど同じ場所で両軍は睨みあっている。

しかしながら、その規模はまったく違う。

両軍合わせると十万近い将兵が集まっており、白砂が見えなくなるのではないか、と思えるほどの人々が溢れている。

多くの陣屋が立ち並び、空を見れば飛龍だ、天馬だ、大鳥だ、と飛び回っている。

「ドモス王国の駄犬どもを、一歩たりともわたくしの領地に踏み入らせませんわ」

というアーゼルハイトの気概に満ちた布陣といえるだろう。

今回の決戦のために、首都の守りを前国王ドレークハイトに任せ、女王アーゼルハイトが親征している。

「レジェンダ姫、仇を討ちましょうぞ」

「聖女ヴィクトワール、わたくしに祈りを」

アーゼルハイトの左右を、レジェンダとヴィクトワールが固めている。

同性で同年代という気楽さからか、戦場に出てからというものアーゼルハイトはこの二人を側近として、常に連れ歩いていた。

このとんでもなく目立つ三人組の姿を目の当たりにするだけで、兵士たちは無駄に盛り上がる。

陣内の視察を行い、兵士たちの士気を大いに鼓舞したアーゼルハイトは、本陣に入ると、筆頭家臣にして、全軍の総参謀長たるシハラムに質問した。

「敵も味方もずいぶんと集まってきたわね」

「はい。そろそろ決戦の頃合いかと思われます」

機が熟しつつある。いつ決戦の火蓋が切られてもおかしくはない状況だ。

軍事に疎いアーゼルハイトもいささか気になったのか現状を確認してくる。

「敵の内訳はわかっているのかしら？」

「ドモス軍の総大将は、王太子アレックス。率いる総勢は五万規模になっていると考えられます」

半透明のベールで口元を覆ったレジェンダが肩を竦めながら感想を述べる。

「まぁ、フレイアに侵攻したときと同じね。ドモス軍が西部に振り向けられる最大兵力ってところかしら？」

シハラムは首を横に振るった。

「質の面ではかなり違うがな」

「どういうこと？」

アーゼルハイトがきつい眼差しで質問してくる。

「ドモス王国のフレイア占領によって、反ドモス勢力は危機意識を持ち、その動きを活性化させております。それに対応するために、各方面に兵力を配置せねばならず、その上二重王国の国王セリューンが我らとの盟約を守って、メリシャント地方に親征しております。これに呼応してドモス国王ロレントもメリシャントに親征した模様」

「この十年、幾度となく繰り返された悲劇ですね」

朱雀神殿の修道服に身を包んだヴィクトワールが、痛ましげに眉をひそめる。

確かに痛ましいことだが、所詮は他国の出来事、シハラムは構っていられない。

フレイア戦役のときは、その崩壊があまりにも早く、さすがの二重王国もなんら有効な手は打てなかった。

しかし、今回はこれがあることを予想して準備を整えていたのだから、セリューンも万全の策を用意している。容易にドモス王国の精鋭を西国に回させはしないだろう。

「そのためフレイア方面から侵攻しようとするドモス軍の内訳の、半分ほどはフレイア地方で徴兵した者であるとのことです」

「ふむ、ドモス王国で怖いのは、ドモス国王直属の軍団だけで、他の部隊はそれほどでもない、とはよく聞く話よね」

アーゼルハイトは考えながら頷く。

ドモス本国の人々は、世界征服に向かってやる気があるが、被征服地の人々からすると、無理やり徴兵されているに過ぎない。真面目に闘おうなどという気がさらさら起きないのは当然であろう。

まして、先年征服されたばかりのフレイアの民衆感情がいかばかりかは想像に難くない。ただし、諸侯や民衆から謀叛や反乱を起こす余力を奪うために、無理な戦争を仕掛け続けているという側面もあるのだろう。

「ドモス本国の兵はほとんど参加していないようです。アレックス殿下の母親の実家であるクラナリア地方の兵が中心で二万余り、後方支援は娘婿のオルフィオが担当している模様。エクスター地方からレヴィ城主ヴィクトリアが二千余りを引き連れて参加している他は、ナウシアカ王国からの援軍として、ジルヴァ侯爵オクタヴィアが五千。それにフレイア総督のヒルクルスのもと、フレイアで徴兵された二万人程度と見受けられます」

「それで五万って訳ね」

アーゼルハイトは納得した。

「うち、一万余りは、フレイア総督の副司令官ニースケンス将軍に率いさせて、フルセン王国のエバーグリーン砦に牽制として向かわせているようです」

「かのハイエナ殿の動向は？」

レジェンダの確認に、シハラムが答える。

「国王エルフィンが、エバーグリーン砦に入ったとのことです。しかしながら、旗幟は鮮明にしていません。おそらく漁夫の利を狙っているのでしょう」

「まったく、相変わらずだな。ドモス王国にはバロムリスト王国ではなく、フルセン王国にこそ侵攻してもらいたいものね。そうすれば、心の中で応援ぐらいはしてあげるわ」

レジェンダは両手のひらを上に向けて肩を竦める。それにアーゼルハイトは同意の笑みを浮かべ、ヴィクトワールまでも頷いている。

（まったく、ハイエナ殿も嫌われたものだな）

シハラムは内心で苦笑する。

実際、バロムリスト王国の人々にとって、フルセン王国に好意的である理由は一つもない。下手をしたら当面の敵ドモスよりも、憎い存在かもしれない。

しかしながら、フレイアとフルセンの間には、ターラキア山脈という天嶮がある。その上、西方半島は貧しいことで有名だ。

攻めづらい上に利益の少ない土地と、攻めやすい上に利益の大きい土地。どちらを優先させるかは自明のことであろう。

「それに対する我が方は結局、いかほど集まったのですか？」

ヴィクトワールの質問に、シハラムは歯切れ悪く応じる。

「なんだかんだで、こちらも総勢は五万といったところでしょう」

正直、西国諸侯連合の内訳は、味方といえども把握するのは難しい。

一応、それぞれの王たちの自己申告を信じるならば、当事者であるバロムリスト軍は二万人を用意した。

うち、半数はセルベリアの残党、フレイアの残党、傭兵といった有象無象である。

西国諸国連合の盟主たるイシュタール王国の国王フィリックスは、自ら一万人を率いて参戦してきた。

しかしながら、全軍の指揮権はあくまでも当事者であるバロムリスト王国に任せるとのことである。

西国諸侯は援軍に過ぎない。地の利を持つバロムリスト王国の方針に西国諸侯は従うというのだ。

その他、シェルファニール王国、ダリシン王国、クレオンレーゼ王国などの西海航路に面した国々も援軍を出してくれており、その総勢は二万にも及ぶ。

二重王国からも、サブリナ王国の豪族であるユージン領主ランディが五百騎を率いて援軍にきていた。

「少なくて申し訳ないのですが……」

「いや、戦の勝敗は兵力の過多によって左右されます。一兵でも多いほど喜ばしい」

確かに戦力ともいえない規模だが、気は心である。

申し訳なさそうにするランディに、アーゼルハイトはとびっきりの笑顔で報いてやった。

それを受けてしどろもどろになっている青年を見て、シハラムは内心で溜息をつく。

（あぁあ、いたいけな青年を誑かして、ほんとこいつは根っからの悪女だな）

着々と性悪女王として成長している主君を横目に見て、将来を危惧するシハラムだが、二重王国の最高幹部である『煌星騎士団』から人が派遣されなかったことを勘ぐりたい気分にもなる。

また、対フルセン王国の備えとして、ザウルステール港には、エトルリア国王にして海賊王の異名があるリカルドに停泊してもらっている。

さらには思いがけない使者がきた。

「ラルフィント王国雲山朝の女王ニルヴァーナ陛下の親書をお持ちしました。マリオベール領主セシルです」

以前話していた先輩女王様に、アーゼルハイトは本当に親書を送り、その返信が来たのだ。

さすがにラルフィント王国から、バロムリスト王国に軍隊を動かすのは不可能だが、貴族の一人を使者として遣わしてくれたのは、大変な好意だろう。

「よく来れたな」

思わずシハラムは感嘆してしまった。

バロムリスト王国とラルフィント王国の距離、また戦時下であることを考えると、驚異的な大冒険といっていいだろう。

　セシルという青年貴族は胸を張った。

「カンタータ家に天馬を出してもらったんですよ」

　ラルフィント王家の風雲児たるレナス家。その有力な門閥の一つカンタータ家は、天馬の里として知られている。

　そこの天馬を使って、二重王国領を突っ切ってきたというのだ。

「このたびの戦、後学のためにぜひ観戦武官として同道させてください」

　軍事というのは日進月歩のところがある。世紀の大会戦が行われようというのだ。見ていかない手はないだろう。

　いや、親書というのは口実で、こちらが目的でわざわざ来たのかもしれない。

「ええ、よろしくってよ」

　アーゼルハイトは鷹揚に頷いた。

「シハラム、特等席を用意して差し上げて」

「承知いたしました」

　シハラムはただちに手配する。

　それを見送りながらアーゼルハイトは溜息をつく。

「遥か遠くの友人はわざわざ義理を立ててくれた訳だけど、近くの友人たるニーデンベルグ王国は動かないの？」

「はい。強固に中立を守っています。というのも、国内が一揆に呑み込まれそうで動くに動けないというのが実情のようです」

ニーデンベルグ王国は東の隣国だ。当然、西国諸国連合にも参加しているのだが、このたびの戦役には参加していない。

フルセン王国のような漁夫の利を狙っているのではなく、単に貝のように閉じこもっているだけのようだ。

「まぁ、仕方ないわね。兵力は互角。あとは兵士たちの活躍と、おにい様の采配如何ですわ」

「承知しております」

非常にカリスマ性があり、頭もいいアーゼルハイトだが、所詮は十代の小娘である。軍事的な才能を発揮するには、知識が足りないし、経験に至っては皆無である。

そこで無理をせず、アーゼルハイトは兵士たちの士気を高めることに専念。軍事的なことはシハラムに丸投げをしていた。

その信頼に応えるべく、シハラムは連日、各国の軍事専門家たちと協議していた。

「ドモス国王ロレントも、二重王国のセリューンも音に聞こえた名将だ。しかし、この十年、メリシャントでドンパチやって決着がつかなかったのだ。いまさらかの地で決着がつくとは思えない。それよりも、この地での戦いこそ、戦役の行方を決すると心得よ」

同時に逸る兵士たちを必死に引き締める。

「こちらから仕掛けることはない。遠くないうちに、必ず敵から仕掛けてくる。そこを完膚無きまでに撃退する」

　というのが、シハラムの基本戦略である。

　ドモス軍は現在、フレイア砂漠に布陣している。

　昼と夜の温度差が激しく、植物も満足に育たないという特殊な土地は、慣れない者にとって苦痛であろうことは想像に難くない。

　一方、バロムリスト王国及び西国連合諸国は、砂漠にほど近い荒野とはいえ、よほどマシな土地に布陣している。

　つまり、時間とともに兵士たちの体力に差が開いていくだろう。

　攻めより守りの方が易いことは自明のこと。シハラムの指示のもと、西国諸侯連合軍は、柵を巡らせて、十分な防御陣を敷き、その秋《とき》を待ち続けた。

※

「ドモス軍、動きました」

　物見が急を知らせたのは、早朝のことだった。

　ドモス軍の前衛部隊が、白い砂を踏みつけて、穂先を陽光に輝かせながら近づいてくる。

「敵、先鋒はヒルクルス将軍と確認」

　フレイア総督であり、その配下はフレイア地方出身者が中心であろうから、順当な布陣であろう。

（姉上の想い人か……）

朱雀神殿の大司教であるユーフォリアは、さすがにこの戦場にまではやってきていない。おそらく今頃はどこぞの修道院で、祖国と想い人の無事を祈って、心を痛めていること
だろう。

（姉上には悪いが、あの男には死んでもらう）

覚悟を決めたシハラムは、ゆっくりと主君に拝礼する。

「開戦の許可をお願いします」

「承知したわ」

アーゼルハイトは王笏を掲げて、振るった。

「先鋒はフレイア王国の旧臣にお任せするわ。リュシアン殿、お行きなさい！」

これはあらかじめ決められていたことである。

新参者に先鋒を任せるのは世の習いである。まして、このたびの戦役の直接的な引き金を引いた人物だ。

地の利の面からも、心情的な面からも、先鋒を任せるのに、これ以上相応しい人材はいないだろう。

「麗しき女王の御下命とあらば、非才の身ですが、先陣の栄誉、見事務めてご覧に入れましょう」

やたらキザったらしく一礼して、リュシアンは出陣した。

「さて、噂に聞く不死身の将軍殿のお手並み拝見といったところだな」

シハラムはいささか意地悪な好奇心で、リュシアンの行方を見守る。

一応、バロムリスト王国の客将として迎えているが、好意を寄せてやるいわれはない。使えると聞いたから受け入れたのであって、正直、捨石感覚だ。活躍すればよし、死んでも惜しくはない。

「まぁ、性格は最低だけど、戦勘だけはあるやつだから、大丈夫だと思うけど……」

レジェンダはいささか複雑な表情だ。

一応、従兄である。祖国では伝説的な英雄だ。

期待したいのだが、その人柄をイマイチ、いや、全然信用できないのだ。

その手兵は三百人程度に過ぎない。しかも、その兵たちは女の比率がやたらと多い。特殊な兵制である。

リュシアン軍団が噂通りの精鋭で、敵陣の一角でも切り崩したら、すぐさま第二陣を突入させる。そのつもりで兵を用意していたのだが……。

「あ、あいつ。あっさり逃げやった」

シハラムの傍らで戦局を見ていたレジェンダが、額を押さえた。

リュシアンたちは遠くから魔法や弓矢を幾発か放ち、そのままあっさりと兵を退いた。

「機を見るに敏、といったところか」

まぁ、予想できたことではある。しかし、その直後に予想外のことが起った。

ドモス軍の二陣が動きだしたのだ。それも先陣たるヒルクルス軍を追い越して、強引にリュシアンの部隊を追う。

「獅子は兎を狩るにも全力を尽くす、というが、これはまた……」

一瞬、シハラムは絶句した。

ドモス軍、及び総大将アレックスが、リュシアンを恨んでいる、あるいは不快に思っている、とは予想していたが、予想以上であったらしい。軍事的な理を無視したくなるほどに、憎悪しているようだ。

「いったい、何をやらかしたんだ。お前の従兄殿は？」

「さ、さぁ……？」

レジェンダも予想外だったらしく、頬に汗をしながら小首を傾げる。

そこにアーゼルハイトが口を挟む。

「うふふ、これはいいわ。おにい様、囮として使えるのではなくて？」

「御意」

「ならば、早くわたくしの大事な従兄を助けてあげて」

アーゼルハイトはこの流浪の将軍をなぜか気に入っているようだ。

女王様の命令である。シハラムは従うことにした。確かに敵の混乱に付け入らない理由はない。

アレックス王子の直営軍と現地のフレイア軍では意識の差がある。上手く連携が取れずに付け入れるのではないか、とは思っていたが、その間には象が泳げるほどの深い河があったようだ。


「女王陛下のご下命である。第二陣、突撃せよ」

ドモス軍は、リュシアン隊を無秩序に追い駆けており、陣形は大いに乱れている。その間隙を突くべく、バロムリスト軍は第二陣が突撃した。

初撃は、バロムリスト軍の優勢であったが、すぐにドモス軍は態勢を立て直す。

あるいは、初めから無秩序を演出して、守りを固めるバロムリスト軍を引き出す戦術だったのかもしれない。

とにかくも、バロムリスト軍が本格的な戦闘状態に突入したことで、援軍諸侯も動きだした。

「うふふ、ジャンジャンバリバリ始まったわね。敵も味方もわたくしのために踊るといいわ♪」

「殿下、冗談でも不謹慎ですよ」

露悪的に笑うアーゼルハイトを、真面目なヴィクトールが窘める。

そんなやり取りを横目で見ながらシハラムの方は戦局に集中していた。

両軍とも左右両翼から回り込もうとして、大きく広がりながら真正面から激突する。

戦局は五分五分に見えたが、西国諸国連合の左翼が一気に敵陣を突き崩した。

「シルバーナ王国が聖騎士ゼクス。推してまいる」

それは翡翠海にある小国であり、シハラムはそれほど重要視していなかった。しかし、いざ戦いが始まってみると、その先陣を切った騎士の武勇は圧倒的だった。ドモス軍の兵士たちを、さながら魚でも捌くように、バッサバッサと切り倒していく。

「あれがシルバーナの女王シェラザード自慢の暴れ牛か」

この国も女王を戴いていることで知られている。数えてみると、世界には意外と女王も多いものらしい。

シハラムは自らの武勇にそこそこ自信を持っていたが、かの聖騎士と立ち会って勝てる気がまるでしない。

味方でよかった、と心底から思った。

とはいえ、さすがに両軍十万になんなんとする兵力がひしめく戦場である。個人の武勇だけで勝敗が決まるものではない。

「敵味方とも、よく闘っている。特に客将殿はちょこまかとよく動くな」

先鋒を務めたリュシアンは、敵に突っ込むというような蛮勇を示すことはなかった。代わりに自分が敵に狙われている、ということを悟っているようで、コマネズミのように戦場をうろうろしている。

そのせいでドモス軍の陣容は乱されているのだから、得難い活躍だ。

当初は寄せ集めの西国諸国軍がまともに機能するか心配であったが、互角以上に渡りあっている。

そこにレジェンダが進言してきた。

「シハラム、あたしも前に出るよ」

彼女が出るということは、それに従う旧フレイア王家の忠臣たちが出る、ということだ。

その数は二百人余りと、数は多いとはいえないが、士気は高い。ここにきて部下たちの突き上げを食らったのだろう。何よりも、レジェンダ本人が戦いたがっているのが見て取れる。

「よかろう。敵の先鋒、ヒルクルスを狙え。この部隊には多くのフレイア人が参加している。あなたの顔を見れば、動揺するだろう」

「承知した。あなたの期待に応えてみせるわ♪」

同郷同士で闘え、という訳で、非情な命令であったが、勝たなければ意味がない。

そのことはレジェンダも十分承知していたのだろう。特に反発の言葉は出さなかった。

ウインク一つ残して本陣を出たフレイア最後のお姫様は、どこまでもついてくる家臣たちのもとに出向いて輿に乗り、シミターを天高く翳した。

「者ども、天を見よ。地を見よ。風を見よ。ここは我らが故郷。多くの同胞が亡骸を晒した砂の大地。今こそ無念を晴らしましょう。あたしたちの手で勝敗を決するわよ」

「おお！」

敬愛する姫君を中心に、旧フレイア軍は勇ましく突撃を開始する。

おそらく、西国諸侯連合軍、ドモス軍を見渡しても、もっとも士気の高い部隊の突入である。

「ひ、姫様、レジェンダ姫様だ」

「おらは戦えねぇだ」

シハラムたちの思惑通り、フレイア地方で徴兵された人々は、腰が引けてしまって、ドモス軍の先鋒ヒルクルス軍はガタガタになってしまった。

レジェンダはシミターを振るって舞うように指揮を執る。

「よし、このままにっくきヒルクルスの首級を上げるぞ。みなあたしに続け!」

輿の上に仁王立ちするレジェンダを錐の先端として、西国諸侯連合軍は、ドモス軍を突き崩していった。

同じフレイア出身であっても、逃げ回ってばかりいるリュシアンの部隊とは違って、レジェンダとその配下の者たちは、戦いに献身的である。

このままドモス軍の第一陣を撃破。その勢いに乗ってドモス軍を壊滅させることができるのではないか、と思われたとき、ドモス軍の別働隊が横撃を加えてきた。

「砂漠の砂など、雪に比べれば可愛いものよ」

そう嘯いて突撃してきたのは、白馬に乗った女騎士に指揮された部隊。彼女の周りには、四本の刀剣が飛翔し、フレイアの勇士たちを次々と切り裂いていく。

ナウシアカ王国の秘技『飛翔剣』。使うのはナウシアカの第一王女オクタヴィアだ。

フレイア民たちは、レジェンダに遠慮があるが、ナウシアカ民にしてみれば、遠慮する理由などない。

「止めろ。姫様のもとに行かせてはならぬ」

旧フレイアの騎士たちは、命がけでレジェンダを守ろうとしたが、一条の黒きレーザーのような魔法光が、レジェンダの乗る輿を打ち貫いた。

「キャッ！」

毬のように跳ね上がったレジェンダは白き砂に投げ出される。

ゴロゴロと転がり起き上がったところに、半透明のベール越しにピタリと槍先を添えられた。

「くっ」

レジェンダは無念の呻きを漏らす。

（シハラム、ごめん）

覚悟を決めて目を閉じたが、一向に最期の時は訪れない。代わって動揺に満ちた女の声が聞こえてきた。

「ひ、姫様……」

改めて目を見開いてみると、そこにいたのは、黒き馬に跨がり、黒き鎧を纏い、長槍を持ち、頬当てをつけた女騎士であった。

「あなたはレイチェル⁉」

馬上にある女騎士と、砂に膝をついた姫騎士の目がしばし正対する。

フレイア王国の姫君と騎士が、思わぬ場所で再会してしまったのだ。

「……」

なんともいえない気まずい雰囲気の中、先に我に返ったのはレジェンダであった。

「姫と呼びながら、槍を向けるか、この痴れ者め！」

その一喝に、レイチェルは震え上がった。

「申し訳ありません」

黒き女騎士は槍を引いた。

「くっ……御免っ」

ためらうようにレジェンダを一瞥したレイチェルは、未練を振り切るように馬の手綱を引く。

「姫様、ご無事で」

逃げていくレイチェルと入れ替わりに、いまだにつき従っている忠臣たちが駆けつける。

「ええ、まだまだ戦いは続くわよ。気を抜かないで」

レジェンダは再び乱戦の中に身を投じた。

しかし、西国諸侯連合軍の攻勢時間は終わってしまったようである。

両軍ともに一進一退。戦いは互いに決め手を欠き、乱戦模様となった。

(ここが境か)

胸突き八丁。両軍ともに苦しい。

そんな乱戦を突破して、バロムリスト本陣にまで突撃してきた部隊、いや、騎士がいた。

「ベーオウルフ家が嫡子ヴィルズ。見参！」

「小僧がわめくな！」

シハラムは腰剣『華厳』を抜くと、一振り。『天地神冥流』の奥義が炸裂する。

カンッ！

馬上の騎士の振るった剣は、半ばからあっさりと切れた。

「えっ」

得物を失った騎士は慌てる。

鎧だろうと、剣だろうと、易々と切り裂く。豪剣こそが『天地神冥流』だ。

「ちょ、ちょっと待った！　きょ、今日のところはこの辺で勘弁してやる！」

まだ若いらしい敵の勇士は、後続がなかったこともあって、一目散に逃げ出した。

「逃がすな、追え」

シハラムが叫ぶまでもない。本陣を固めていた騎士たちが、激怒して追いかけていった。

もちろん、シハラムは追わない。振り返るとアーゼルハイトの前に、赤い衣を纏ったヴィクトワールが仁王立ちしている。

いざというときは、アーゼルハイトの最後の盾となる覚悟をしていた、ということを身をもって示した形だ。

震えている尼僧の肩を抱いて、横に避けたシハラムは、主君に拝礼した。

「宸襟《しんきん》を騒がせて申し訳ありません」

アーゼルハイトは、床几《しょうぎ》に座ったまま胸を張り、左手で王笏を持ったまま身じろぎもしていなかった。

「よい。戦は潮の満ち引きのようなものと心得ているわ。本陣にまで切り込まれることもあろう。最後に勝っていればいいのよ。早く指揮を続けなさい」

「御意」

乱れた本陣を整えながら、シハラムは本陣の機能を回復させる。

（たいした肝の据わり方だ。こいつはやはり生まれながらの女王なんだな）

アーゼルハイトのたとえ虚勢であっても、落ちついた態度を見ることによって、シハラムもまた、開き直ることができた。

（俺だって、こんな大規模な戦を指揮したことはないんだ。戦線が大きすぎて、勝っているのか負けているのかもよくわからない）

シハラムとしては、最前線に出て敵と白刃を交えている方がよほど気楽であった。

各方面それぞれの部隊が、ただ目前の敵を倒すことに集中する。

そんな戦いが続き、午後に入った頃、運命という名の使者が姿を現す。

「ご注進」

それは二十代の半ば過ぎと思える男であった。

シハラムはすぐに見咎める。

「胡乱《うろん》なやつ、忍びか。どこの手の者だ」

見知らぬ顔であった。少なくともシハラムが使っている男ではない。つまり、案内なしではバロムリスト王国軍の本陣に脚を踏み入れることのできない人物である。

たった今敵騎士の侵入を許したばかりで、殺気立っていた親衛隊たちは、一斉にハルバードで囲む。

「おっかないな。俺が誰だっていいじゃありませんか。そんなことより、大ニュースをお持ちしたんですぜ」

「……」

斬ることはいつでもできる。何か囀りたいのなら囀らせてやろう。シハラムは無言で促す。

ニヤニヤ顔の男はもったいつけて語る。

「エバーグリーン砦から出撃したフルセン国王エルフィンが、ドモスのニースケンス将軍を撃破。そのままカブスに向かって進撃中って情報はもう入っているかな？」

「なにっ⁉」

カブスとは、『妖精の沐浴場』と呼ばれたフレイア王国の首都だった場所だ。今もフレイア地方の最大都市である。

「ご苦労。お前にボーナスがいくように、飼い主にお礼状を出すから、名前ぐらい名乗っていけ」

「飼い主なんていませんって、名前はツヴァイク。訳あって今はフリーなんっすよ」

おどける忍びに、シハラムは頷く。

「わかった。褒美は後日だ。いけ」

「今後ともご贔屓に」

大勢の騎士に囲まれていたというのに、その胡散臭い忍びはまるで煙が掻き消えるように、唐突にいなくなってしまった。

みな驚くが、シハラムは忍びの手妻になど構っている余裕はない。

「全軍に連絡。敵は後背をフルセン軍に襲われて浮足立っている。この情報を諸侯に触れ回れ」

シハラムの指示に、本陣の者たちは驚く。代表してヴィクトワールが伺いを立てた。

「あのような胡乱な者の言葉を信じていいのですか？」

「信じましょう。ドモス軍の動きが意外と鈍い。何かあるとは思っていました」

シハラムは、今の忍びに心当たりがあった。

もちろん、初見であったが、あそこまで腕のいい忍びが早々、転がっているはずがない。

間違いなくなんらかの裏がある人物である。

そして、ツヴァイクという名前に心当たりがあった。

オルシーニ王国の忍びの頭の一族であったが、サブリナ王国の王族ジークリンデを孕ませて、女王ヴィシュヌの逆鱗に触れて、追放処分にあったその筋では有名な忍びである。

直接の主従関係はなくとも、二重王国の息のかかった存在であることは間違いないだろう。

「ドモス軍、後退を開始しています」

「罠の存在は考慮に及ばず。目の前の敵を全力で叩きのめせ！」

かくして、大打撃を受けたドモス軍は、バロムリストの地を踏むことなく撤退していった。

※

「みな、よく戦ってくれました。わたくしはあなたたちの勇気を忘れない。そして、歴史も忘れないでしょう。あなたたちは勇者として不滅の刻印を刻んだのです」

見事、ドモス軍を撃退することに成功したバロムリスト軍は、深追いはせずに、戦闘を収めた。

死力を尽くして疲れ果てた兵士たちに、アーゼルハイトは諸侯の区別なくねぎらう演説をする。

そして、その場に国境警備用の砦を建設しただけで、早々に王都に撤退。大々的な祝宴を催す。

こういう席になれば、レジェンダの独壇場だ。

兵士たちは、勝利を祝って謳って踊って、女子供相手に思い存分に武勇伝を語っていればいいが、シハラムとしてはそうとばかりもしていられない。

アーゼルハイトが口を極めて将兵を慰労している裏で、ヴィクトワールに連れられてきたユーフォリアと面会していた。

「まずは完勝のこと、お祝い申し上げます」

「このたびの朱雀神の恩寵は、我々にあったようです」

姉がどちらの勝利を祈っていたかは、あえて聞かない。

「完勝だと聞きましたが、なぜ追撃をなさらなかったのですか？」

わたくしに遠慮したのか、そう聞きたいようである。

退却するドモス軍を徹底的に追撃して壊滅させ、『妖精の沐浴場』カブスを奪取する。そして、レジェンダを女王にするなり、リュシアンを国王にするなりして、フレイア王国を復活させる、という選択肢も確かにあった。

しかし、それをやったら、ドモス王国との泥沼の戦争に突入するだけではなく、西国連盟の中でも、利権争いが生まれるだろう。

「ほどほどが一番ということです。ドモス王国とはともかく、ヒルクルスと密約を結ぶことは可能でしょう。彼がフルセン王国と戦うのなら、わたしたちは黙認する」

今頃はカブスを巡って、フルセン王国とドモス軍が争っていることだろう。そして、フルセン国王エルフィンあたりは、ドモス軍を壊滅させなかった西国諸国連合に、カリカリしていることだろう。

しかし、そんな火事場泥棒の思惑に乗ってやるいわれはない。

「承知いたしました。ただちにそのように取り計らいましょう」

ユーフォリアを送りだしてから、ヴィクトワールと連れだって、一応、祝勝会の会場に顔をだす。

もはややみなすっかり酒が回って無礼講になっていた。

乗り遅れてしまったシハラムも、給仕から余り物の麦酒を受け取り、勝利の美酒の味を一口味わったところに、歩み寄ってきた者がいる。

「やぁ、大将軍閣下。バロムリストには文武に秀でた名将あり、あなたがいる限り、ドモスはおいそれと、この地に踏み入ることはできないでしょうね」

見え透いたお世辞を満面の笑みで言ってきたのは、西国諸侯連合の盟主イシュタールの若き国王フィリックスであった。その後ろからは銀色のツーピースの鎧を纏った女騎士が、鋭い眼光を送ってくる。

「恐れ入ります。これはひとえに西国諸国の後ろ盾があったればこそです。今後ともよろしくお願いいたします」

如才なく頭を下げるシハラムに、フィリックスはどこまでも笑顔だ。

「どのような密約ができるか、楽しみですね」

シハラムの思惑をすべて読んでいるぞ、と言いたげである。

「何事も平和が一番です。まぁ、せっかく戦争に勝ってなんの利益もない、というのも癪ですからね。フレイア地方の南側を割譲させ、リュシアン殿を総督として置いておこうと思います」

「うん、それがいい。でも、あの御仁が、ぼくたちの思惑通りに動いてくれるかな？」

フルセン地方における人望と、軍事的才能はともかくとして、信用はまったくできない。と言いたいのだろう。

まったく同意見のシハラムは肩を竦めた。

※

「まったく、ようやく一段落ですわね」

ドモス王国はフルセン王国と全面戦争に入ったことで、当分、バロムリスト王国に手を出すことは叶わないだろう。

西国諸国の軍隊は続々と帰還していった。

個々人の兵士たちの論功はそれぞれの国で行われるであろうが、兵士たちを手ぶらで返すのも義理に反するので、アーゼルハイトの顔の入った記念メダルを振る舞った。

王座にふんぞり返ったアーゼルハイトはようやく肩の荷が下りたと言いたげに、伸びをする。

「御苦労様でした」

シハラムは素直に、主君の働きを褒める。

各国の兵士たちは、この若く美しい女王のために働けたことを、心から喜んでいた。

「そういえば、おにい様。おにい様への褒美って何がいいのかしら？」

独特の絡みつくようなねちっこい声色を出しつつアーゼルハイトは顎に人差し指を当てながら、軽く小首を傾げてみせる。

それを受けてシハラムは、警戒しつつも改まって膝をついた。

「それがしはすでに臣として過分な地位を頂いております。その役職に相応しい働きをしただけのこと、どうかお気になさいますな」

「ふふん♪」

シハラムの頭を見下ろして、アーゼルハイトは意味ありげに笑う。

「いまさら、名誉や富はいらないって訳ね。まぁ、この国のモノなんて、みんなおにい様のモノ同然だしね」

「それはあまりにも情けないお言葉、それがしはバロムリスト王国の臣として……」

「はいはい。その話はいいから。……そうね。犬には犬の餌をあげてこそ喜ばれる。おにい様を喜ばせるには、これね」

邪悪に笑ったアーゼルハイトは、おもむろに命じた。

「衛兵、おにい様を縛り上げなさい。それからただちにレジェンダとヴィクトワールをここに連れてくるの」

さすがに驚くシハラム。衛兵たちも戸惑ったようだが、ただちに縄が打たれた。

※

「っ!?　シハラム様……」

国王の謁見の間に足を踏み入れたヴィクトワールは息を呑んだ。次いで脚を踏み入れたレジェンダは呆れた声を出す。

「で、これってどういう状況なの？」

王座に腰をかけたアーゼルハイトは素っ裸で、三つ編みにされたモミアゲを指に絡ませながら得意げに応じる。

「うふふ、見ての通りよ。おにい様にご褒美をあげていたの♪」

王座の前では、裸に剥かれたシハラムが縄で両手を拘束された状態で仰向けに倒れている。

その股間を、素足となったアーゼルハイトが踏みつけていたのだ。

「わたくし、前から思っていたのよ。おにい様って絶対、どマゾだって。わたくしみたいな生意気な小娘に王座を譲って、その下で苦労するのが好きなんてどマゾ以外に考えられないわ。この推論が正しい証拠にほら、こんなに大きくしているのよ♪」

美少女の両足に弄ばれながら、シハラムの逸物は大きく勃起し、先走りの液を垂れ流している。

「今回の戦に勝ったご褒美として、おにい様をこれからたっぷりと苛めてあげようと思うの。だからあなたたちも参加しなさい。一人よりも三人がかりの方が、おにい様も喜ぶと思うし……、ねぇ、おにい様♪」

「すべては女王陛下のために……」

忠義の臣下としては、主君の言葉を否定することは許されない。

もし国家の大事ならば命がけで諫言するが、このような遊びのときは従容《しょうよう》として受け入れるしかないだろう。

「おほほほっ、いくら真面目ぶっていても、おにい様が小娘に翻弄されるのが大好きな変態だってことは、もうネタが上がっていますのよ」

蔑みの眼差しで、気持ちよさそうに高笑いしながら、アーゼルハイトは器用に逸物を扱き上げる。

「ということで、あなたたちもおにい様を苛めるのに参加なさい」

得意げなアーゼルハイトの指示に、レジェンダは桃色の頭髪を掻き上げると、ためらいもなく衣装を脱ぎだした。

バイ～ン！

と擬音の聞こえてきそうなエロ乳が姿を現す。

ぶるんと飛び出たレジェンダのエロ乳に、アーゼルハイトはいささか目を剥く。

「まったく、おにい様ったら、こんな乳のでかいだけの女のどこがいいのかしら？」

「少なくとも、あたしは尽くす女だしね。どこぞの女王様風を吹かせている小娘よりは、女としての魅力があるわよ」

レジェンダは自らの肉体美を誇示するように、両手を頭上に上げて、腋の下を晒しつつ、桃色の髪を豪快に掻き上げてみせる。

「言ってなさい」

「まぁ、いつも真面目ぶっている男の化けの皮を剥がすというのも楽しいかもね。あなたの遊びに乗ってあげる」

胸当てとパンツを脱ぎ、半透明の口元のベールとハーレムパンツはそのままに、王座の近くまで気取った足取りで歩み寄ってきたレジェンダは、先の尖った靴を脱ぐと右足で逸物を踏みつけてきた。

「うぐっ」

「ヴィクトワール、あんたも参加しなさいよ。おにい様と聖婚だかなんだかっていう愛人契約をしているのでしょ」

「愛人ではありません！　朱雀の女神の代理人を務めているのです。そのような身のわたくしが……シハラム様のお大事を足蹴にするなど……」

赤面したヴィクトワールは胸元を押さえて、イヤイヤと首を横に振るう。

「遠慮はいらないわよ。おにい様は喜んでいるんだから」

「そうそう。あんた、その様子じゃ、いつもマグロなんでしょ。たまにはサービスしないと、飽きられるわよ」

アーゼルハイトとレジェンダに口々に言われたヴィクトワールは恐る恐るシハラムの顔を窺う。

その泣きそうな目を見て、シハラムは構わないと顎で応じた。

「シハラム様が、お、お望みでしたら……わたくしはなんでもいたします……」

先に脱いだ二人に比べて貧相な身体を見せるのは、恥ずかしいと言いたげなヴィクトワールも僧服を脱ぐ。

帽子だけを残して裸体となったヴィクトワールは恐る恐る近づいてくると、シハラムの左側に立ち、赤いパンプスを脱いで、素足を差し出す。

かくして、シハラムの逸物は下からアーゼルハイト、右からレジェンダ、左からヴィクトワールの足で踏まれた。

「ああ、殿方のお大事を、足蹴にするだなんて……」

恥じ入りながらも、ヴィクトワールは興奮を隠せないようだ。

「うふふ、愛する男のおちんちんを踏むのっての は、なかなかない発想だったわ。意外と興奮する」

ベールの奥でレジェンダは舌舐めずりをする。

「でしょ。おにい様のことはわたくしが一番よく知っているんだから♪」

王座にふんぞり返るアーゼルハイトはなぜか得意げだ。

「さぁ、このまま足でおにい様をイかせるわよ。あなたたちも協力なさい」

「りょ～かい♪」

「シハラム様がそれをお望みなのでしたら……」

得意げなアーゼルハイト、楽しんでいるレジェンダ、恥じ入っているヴィクトワール。

三人の足の裏が、逸物を三方から踏みつけて扱く。

（女に足蹴にされるなど屈辱的だが、主君の命令には逆らえぬ……）

マゾ男呼ばわりされる屈辱に耐えながら、シハラムは身を固くする。

下から眺めることになると、三人ともスタイルが抜群にいいことがよくわかった。

脚は長いし、腹部はくびれ、乳房もよく張っている。

そして、股間を彩る黄金、桃色、こげ茶色の陰毛から、透明な液体が滴り、内腿を濡らしていた。

「うふふ、おにい様ったらおちんちんがビックンビックンしていますわ。ほんと、しょうもない豚ですわね」

ビクビクビクビク……。

屈辱に震える心とは裏腹に、女たちの足の裏で嬲られて逸物は大きく脈打った。

女たちも足で逸物を悪戯していることに興奮してしまったのか、自ら乳房を揉んだり、股間をいじったりして熱い吐息を吐いている。

（くっ、で、でる……）

いくら我慢しても、物理的な刺激には耐えられなかった。

女たちに見下ろされる中で、睾丸から溢れ出す熱い血潮が、肉棒を駆け上がり、先端から噴き出した。

ドビュ！　ドビュッ！　ドビュビュ!!!

三方から踏む女たちの爪先から、噴き出した白濁液が、女たちの美脚を白く染める。

「あはは、おにい様ったら、やっぱり、嬉しかったのですわね」

蔑みの表情で喜ぶアーゼルハイトを横目に見て、レジェンダは軽く肩を竦める。

「ああ、もったいない……」

と呟いたのはヴィクトワールだ。それをレジェンダが聞き咎める。

「あんた、朱雀神殿の聖女様のくせに、好き者だね」

「そうは言いますが、殿方が一晩に射精できる回数は有限です」

肩を竦めながらレジェンダは認めた。

「違いない。あたしもいろいろ頑張ったけど、一晩で五回が限界だったな」

「わ、わたくしは一日で六回ほど出してもらったことがあります」

「あんたたちそんなにやっているの？」

愛人たちの会話に、アーゼルハイトは目を見開き、悔しげにプルプルと震える。

レジェンダは苦笑しながら、この悪戯劇の主演を促す。

「そんなことより、それでこれからどうするの？」

「そ、そうね。おにい様は一日で六発も出せる猿だそうだし、わたくしもいるんだからすぐに大きくなるでしょうけど、そこに寝られていたのでは、いろいろとやりづらいわ。とりあえず、この椅子に座ってもらいましょう？」

アーゼルハイトは王座から飛び降りる。赤いビロードの椅子を見て、レジェンダが目を見張る。

「ちょっと、それって王座でしょ」

「別におにい様なら構わないわよ」

アーゼルハイトの当たり前な返事に、他の二人は顔を見合わせてから、大きく頷きあった。

「そうね」

「そうですね」

かくして、縄を打たれている男の意思は関係なく、女三人によってシハラムは無理やり王座に座らされた。

両手は頭上に縛り上げられて抵抗はできない。逸物は射精したばかりだから、半萎えの状態。そんな情けない裸の男に、三人の女たちはまとわりつく。

アーゼルハイトは左の腋の下から、レジェンダは右の腋の下から、ヴィクトワールは顎の下から接吻して、舐め降りてくる。

乳首を舐めたり、鳩尾を舐めたりと、三匹のナメクジが這うように、女たちの舌が這い回る。

「うく……」

シハラムは必死に喘ぎ声を我慢する。

「うふふ、おにい様ったら、もうこんなに……」

逸物が再び隆起するさまに、アーゼルハイトは目を輝かせる。

「まぁ、英雄色を好むっていうしね」

レジェンダは自らの巨乳を持って、逸物を挟んできた。それに対抗してアーゼルハイトも重力に完勝する上向き乳房で逸物を挟んでくる。

賢い女であるヴィクトワールは二人に張りあおうとはしなかった。

決して小さい訳ではないのだが、二人には負けているという自覚があるのだろう。

そのまま下に降りて、肉袋を舐めてきた。

「うお」

ダブルパイズリプラス玉舐めである。

両手を王座の背もたれに吊り上げられているシハラムは、情けなく悶えた。

「うふふ、女たちの玩具にされて喜ぶだなんて、おにい様ったら、ほんとドマゾですわ」

「そう言わないであげてよ。これで喜んでもらえなかったら、あたしたちが落ち込むわよ」

レジェンダは自慢の乳房を上下させつつ、亀頭部を舐めてくる。

「まぁ〜ね。でも、おにい様の今の顔……国家機密ですわね。バロムリストの守護神にこんな情けない顔をされたのでは、敵味方に与える影響が大きすぎますわ」

アーゼルハイトもまた、亀頭部に舌を這わせてくる。

ピチャピチャピチャピチャピチャ……。

パイズリをしながら、アーゼルハイトとレジェンダは交互に尿道口を舐め穿り、さらに肉袋に包まれた二つの睾丸は、ヴィクトワールに舐められる。

「くっ」

身動きが取れず、ドマゾなどと小馬鹿にされるのは屈辱だが、このような刺激を受けた男が理性を留められるはずがない。

「あはっ、おにい様ったら、おちんちんがビクビクしていますわ。また出しそうですの♪」

「くっ」

ビクビクビク……。

アーゼルハイトに小馬鹿にされて、シハラムは震える。

必死に耐えようとするが、それは長い時間ではなかった。

ブヒュ――――ッ!!!

ヴィクトワールの舌で弄ばれる睾丸から噴き出した液体が、アーゼルハイトとレジェンダの乳房の狭間を通って駆け上がり、一気に噴き出す。

バシャッ!

アーゼルハイト、レジェンダはもとより、ヴィクトワールの顔にも、牡の液体がかかる。

「あはっ、さすがはおにい様ですわ。二発目だというのに、とっても濃い、あっ」

小馬鹿にして笑っていたアーゼルハイトが驚きの声を上げる。精液塗れの顔を、レジェンダに舐められたのだ。

アーゼルハイトも負けじと相手の顔を舐める。

精液を舐めあい、じゃれあう女たち。

そんな中、ヴィクトワールは肉袋からさらに頭を下げて、男の肛門を舐めてきた。

「こ、こら、ヴィクトワール……そこは汚いからやめなさい」

思わず叱ったが、ヴィクトワールはやめようとしない。

かつてヴィクトワールの肛門を散々に舐め穿り、アナルセックス専用の愛人として調教してしまった訳だが、自分がアナルを舐められたのは初めての体験であった。

肛門拡張をされてしまった聖女様の意趣返しといったところだろうか。肛門に舌を入れられて、穿られ、肉幹を軽く扱かれると、何事もなかったかのように隆起してしまう。

「シハラム様の身体に汚いところなどありません。わたくしはシハラム様専用の女神なのですから♪」

普段は知的で大人しい、敬虔な朱雀神殿の巫女に垣間見えた狂気に、周りの女たちは戦慄する。

「さすがね。それじゃ、そろそろわたくしたちも楽しませてもらおうかしら」

「ええ、あたしももう我慢できない」

「お待ちください」

いまにも逸物の上に跨がっていこうとするアーゼルハイトとレジェンダを、ヴィクトワールが止めた。

「シハラム様の性欲も無限ではありませんから、逸物の根元を紙縒《こよ》りで縛りたく存じます。

よろしいでしょうか？」

「お、おい」

普段は従順で、受け身一辺倒、男を立てる女であるヴィクトワールが突然言い出した提案に、シハラムは慌てる。

逆にアーゼルハイトは喜んだ。

「あはは、そうね。いいアイデアだわ。ぜひそうして」

「はい」

莞爾《かんじ》としたヴィクトワールは、紙縒りで逸物の根元をきつく縛る。

「これでシハラム様は、出したくとも出せなくなりました」

「あはは、いいわ。おにい様が苦痛に顔を歪めている姿、ゾクゾクしちゃうわ。では、始めましょう。ドマゾなおにい様へのご褒美セックス♪」

かくして王座に縛りつけられたシハラムの上に、アーゼルハイト、レジェンダ、ヴィクトワールが交互に乗ってきた。

「うお……」

ミミズ千匹型のアーゼルハイト、タコツボ型のレジェンダ、巾着型のヴィクトワールの膣洞にかわりばんこに逸物を扱かれる。

「ああん、おにい様ったらだらしない顔、そんなに喜んでいただけると、ご褒美を差し上げている甲斐がありますわ♪」

「あはっ、さすが一流の男は、おちんちんも一流。女はおちんちんの奴隷になり下がるしかないわね」

「シハラム様のお大事を入れられているとき、わたくしは生きている実感を持てます。あぁ、ずっとわたくしの体内に収めておきたい」

いずれも絶世の美女と呼んで過言のない女たち。蜜壺の締まりも、感度も極上だ。そんな女たちが競いあい、狂ったように腰を振るってくるのだ。

逸物を振り回されたシハラムは、何度となく射精しようとしたが、できない。

紙縒りで根元をきつく締められているからだ。

「あ、ああ……イクゥゥ――――ッ!!!」

女たちは気持ちよく絶頂を繰り返している。絶頂痙攣に逸物は吸い上げられるのだが、射精はできない。

「あはっ、おにい様ったら、酷い顔。さぁ、わたくしに懇願なさい。わたくしは慈悲深い女王だから、忠実な臣下のお願いならば、叶えて差し上げますわよ」

対面の座位で結合しているアーゼルハイトが、得意顔で促してきた。

右太腿にはレジェンダ、左太腿にはヴィクトワールが跨がって、シハラムにしなだれかかっている。

「もう、無理だ。しゃ、射精させてくれ……」

「うふふ、ようやく素直になりましたわね」

頬を紅潮させたアーゼルハイトは、ヴィクトワールに真顔で促す。

それを受けて、朱雀神殿の聖女様は、自らの夫の縛めを解いた。

「あ……」

溜まりに溜まったマグマが、一気に逸物を駆け上がる。

「ああ、き、来ましたわ。す、凄い、勢いで、ああ、おにい様、わたくしのおにい様、わたくしの大好きなおにい様のザーメンが入ってきますわ～♪」

どびゅびゅびゅびゅびゅ!!!

子宮に溢れ返る筆頭家臣の射精を受けて、若き女王は我を忘れて悶絶した。

改めて考えてみると、アーゼルハイトは本日が二度目のセックスである。破瓜の痛みを感じずに、楽しめるセックスという意味では初体験であろう。

無様なアヘ顔を晒してしまっている主君を見ながら、シハラムは保護欲を改めて刺激される。

（こいつは俺が守ってやらないと……）

バロムリスト王国の若き女王の在位は、決して平坦なものになりえない。綱渡りが永遠に続くであろうことは疑いなかった。

二次元ドリーム文庫 新刊情報

2D POCKET NOVELS NEW RELEASE

二次元ドリーム文庫 第301弾

ミルクアイドル
イチャイチャにゅ～ライブ

歌って踊れる巨乳アイドルグループ・ホルスタインガールズ。人気絶頂中の彼女たちの胸からミルクが出始めた!?　新米マネージャーの徹は、Ｇカップのくるみ、Ｉカップの愛香、Ｊカップの亜美子の三人の溢れ出るミルクを搾る仕事を仰せつかって……!?

7月中旬発売予定!

小説●神崎美宙　挿絵●櫻野露

二次元ドリーム文庫 第302弾

ナるカく作品（仮）

学園の三大美少女委員長と讃えられる高嶺の花たちからの突然の告白――それは、子作りエッチをして欲しいというもので!?　彼女たちそれぞれの思惑により、甘修羅場ハーレムと化した子作りデイズが始まることに！

7月中旬発売予定!

小説●ナるカく　挿絵●とめきち

二次元ドリーム文庫 第303弾

もっと!妹とラブる!!

２人の妹雪花・月花と深い関係になってしまった直希。しかし雪花の友人・葵がもっと深ーい関係になること希望で直希争奪戦に参戦！葵は兄妹ではないので周囲からの恋人認定も早く、妹２人はぐぬぬと焦りを見せまくり！　熱烈誘惑で巻き返しを図る！

7月中旬発売予定!

小説●高岡智空　挿絵●草上明

本作品のご意見、ご感想をお待ちしております

本作品のご感想、ご意見、読んでみたいお話、シチュエーションなど
どしどしお書きください！　読者の皆様の声を参考にさせていただきたいと思います。
手紙・ハガキの場合は裏面に作品タイトルを明記の上、お寄せください。

◎アンケートフォーム◎　**http://ktcom.jp/goiken/**

◎手紙・ハガキの宛先◎
〒104-0041 東京都中央区新富 1-3-7 ヨドコウビル
(株)キルタイムコミュニケーション　二次元ドリーム文庫感想係

ハーレムクイーン

2014年6月21日　初版発行

【著者】
竹内けん

【発行人】
岡田英健

【編集】
東　雄治

【装丁】
キルタイムコミュニケーション制作部

【印刷所】
株式会社廣済堂

【発行】
株式会社キルタイムコミュニケーション
〒104-0041　東京都中央区新富1-3-7ヨドコウビル
編集部　TEL03-3551-6147 ／ FAX03-3551-6146
販売部　TEL03-3555-3431 ／ FAX03-3551-1208

禁無断転載 ISBN978-4-7992-0592-1　C0193